KB219510

가난한 휴머니즘

Eyes of the Heart
Seeking a Path the Poor in the Age of Globalization

가난한 휴머니즘
존엄한 가난에 부치는 아홉 통의 편지

이후

존엄한 가난으로 떠나는 피정

아이티 공화국은 우리에게 참 낯선 나라입니다. 카리브 해에 있는 섬나라라면 우리는 아바나와 카스트로가 있는 쿠바 정도를 떠올리겠지요. 야구를 좋아하는 분이시라면 도미니카공화국도 생각해 내실지 모르겠군요. 바로 그 이웃 나라가 아이티입니다. 면적은 남한의 3분의 1, 인구는 5분의 1, 소득수준은 14분의 1 정도인 가난한 나라입니다. 이 책은 그 나라의 신부였으며 대통령이었던 분이 띄운 아홉 통의 편지를 담고 있습니다.

'올드랭 사인'을 들으며 전 세계가 새해를 맞이하는 장관을 습관처럼 연출하는 지구에는 오직 하나의 시계가 있는 것 같지만, 사실 공간에 따라 시간은 다르게 흐르고 있다는 뒤늦은 각성을 부끄럽게 마주하곤 합니다. 이 책 속의 아이티를 보며 우리의 가난했지만 존엄했던 70~80 년대를 떠올렸습니다. 성 장 보스코 성당은 명동성당과, 편지의 발신인인 아리스티드 신부는 함석헌 선생님이나 문익환 목사님, 그리고 문정현 신부님과 겹쳐졌습니다. 카리브 해의 어둠 속에서 비와 동행하는 귀갓길의 야학 교사는 공단 골목길로 총총히 사라지던 우리 선배들의 뒷모습과 하나만 같아 눈물겹습니다.

마음에서 우러나는 고해는 억지로 과거를 불러내지 않습니다. 책을 옮기는 내내 '가난'과 '인간다움'과 '존엄'에 대해 생각해 볼 수 있었습니다. 어딘가 먼 곳에 피정을 떠나 와 있는 듯했습니다. 제게 피정의 휴식을 준 출판사 '이후' 식구들에게 감사의 마음을 전합니다. 가난하지만 언제나 존엄을 잃지 않는 출판사가 되리라 믿습니다. 턱없이 부족한 재주로 옮긴 글이지만, 읽는 분 모두 저와 같은 공명을 나누게 되길 희망합니다. 윤리학과 분리되거나 반대되는 경제학은 금지해야 한다던 위대한 영혼 간디의 말씀을 덧붙입니다.

"주머니 속에 한 푼이 있다. 어디서 어떻게 얻었는지 자신에게 물어 보라. 그 과정은 너에게 가르쳐 주는 바가 많으리라."

2007년 1월 10일 이두부

* 옮긴이 이두부는 1969년에 충남 부여에서 태어났습니다. 1998년부터 책을 읽거나 쓰거나 만들고 있습니다.

5

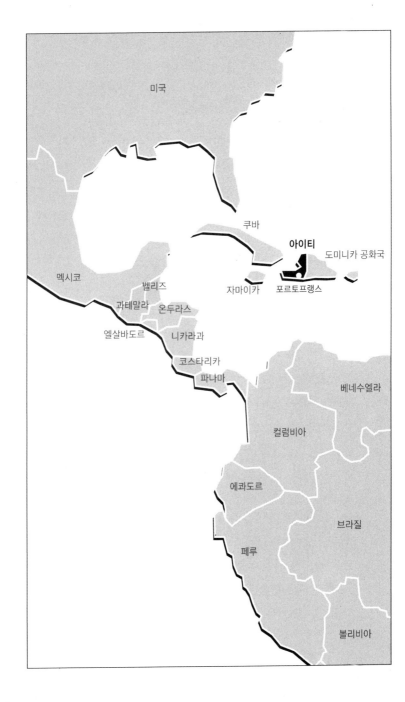

아이티는 어떤 나라인가?

아이티는 카리브 해에 있는 작은 나라로 남북아메리카를 통틀어 가장 가난한 나라이며, 세계 최초의 흑인 공화국이다. 면적 27,750평방킬로미터에 인구는 850여만 명에 이르고, 1인당 국민총생산액은 1,600불(2005년 기준)에 불과하다. 흑인이 95퍼센트이며, 가난과 굶주림에 시달리는 국민 대다수(80퍼센트)가 로마 가톨릭교회에 다닌다.

수도는 포르토프랭스이고 프랑스어를 공용어로 쓰지만 대부분의 아이티 민중들은 크리올 어를 쓴다. 문맹률이 아메리카 대륙에서 가장 높은 나라다. 우리나라와는 남과 북, 모두와 수교 상태다.

19세기, 서반구 최초의 노예 해방 혁명으로 독립을 쟁취했다. 1492년에 스페인의 식민지가 되었다가 프랑스 식민지가 된 뒤 사탕수수 농장 운영을 위해 수많은 흑인 노예가 수입됐다. 1804년 독립 선언 뒤에도 내란과 독재에 시달렸고, 1915년부터는 사실상 미국의 지배 아래 놓였다. 1991년 한 해 동안에만 무려 네 명이 대통령이 됐다가 쫓겨나는 등 정치적 안정은 지금도 멀어 보인다.

2007년 현재, 아이티의 대통령은 아리스티드의 정치적 동지였던 르네 프레발이다. 미국이 아이티 내정에 간섭하려 드는 것은 카리브 지역을 군사화하고 쿠바와 베네수엘라 같은 나라들에 정치적 압력을 가하는 한편, 광범위한 지역에서 군사 작전을 실시하기 위해서다. 비록 민중의 지지를 받고 있기는 하지만 반미주의자로 낙인찍힌 프레발이 기득권의 반발을 뒤로 하고 아이티의 정치적 안정을 이룰지는 미지수다.

1492년 콜럼버스가 아이티 발견.

1503년 아프리카의 노예 이주 시작, 스페인의 식민지가 되었다.

1697년 프랑스의 식민지가 되었다.

1791~1803년 노예 해방 혁명을 일으켰다. 18세기 말 프랑스 혁명의 '노예 제도 폐지법'에 의해 자유를 얻었으나, 나폴레옹 즉위와 함께 프랑스 식민지들에 대한 '노예제 복구' 파동이 일어났다. 아이티 민중은 프랑스군에 대항해 승리하고 독립했다.

1804년 1월 1일 독립, 세계 최초의 흑인 독립 국가를 수립했다.

1915~1934년 미군 점령 시기. 1915년 7월, 아이티 내분을 구실로 미국의 군사 개입이 시작되었고 1915년 9월, 미국 보호령으로 선포했다.

1918년 농민반란이 일어났으나 수많은 사람들이 학살당했다.

1919년 미 해병대에 의해 농민 게릴라 지도자 페랄트가 살해당했다.

1957~1986년 뒤발리에 부자의 30년 세습 독재 기간. 1957년 9월, 프랑수아 뒤발리에가 대통령에 취임하고 1964년, 종신대통령제를 선포했다.

1971년 아버지가 죽자 아들인 장 클로드 뒤발리에가 대통령직 세습.

1986년 민중 봉기가 일어나 뒤발리에 대통령이 망명했다.

1990년 2월 최초의 자유선거를 통해 아리스티드가 대통령에 당선. 7개월 뒤, 군부 쿠데타로 아리스티드 망명.

1991~1994년 군부 독재 시기. 1991년 한 해 동안 네 명이 대통령 자리에 올랐다가 쫓겨났다. 수천 명의 아이티 민중이 학살당하고 실종되었으며, 수십만 명이 탄압을 피해 보트 피플이 되어야 했다.

1993년 6월 유엔이 아이티 제재를 결정했고, 10월에 아이티 군부와 민주화 계획안을 작성했다. 군부는 약속을 지키지 않았고, 아리스티드역시 아이티로 돌아가지 못했다.

1994년 클린턴 행정부는 미 해병대 2만 명을 아이티에 파견했고, 그 해10월에 아리스티드도 귀국했다. 아리스티드는 쿠데타의 주범이었던군대를 해산하는 데 성공했다.

1995년 3월 미국 주도 다국적군 떠나고 유엔평화유지군 주둔.

1996~2001년 르네 프레발 집권

2000년 92퍼센트의 압도적 지지로 아리스티드가 재선에 성공했다. 하지만, 선거에서 권력을 남용했다는 것을 문제 삼아 미국과 유럽 여러나라는 아이티에 제공하기로 한 경제 원조를 연기했다.

2003년 2월 29일 미국이 주도한 쿠데타 세력이 대통령 관저를 점거하고아리스티드의 퇴임을 강요. "당신이 물러나지 않으면 아이티는 피로물들 것"이라는 위협에 아리스티는 한밤중에 비행기에 실려 중앙아프리카로 가야 했다. 쿠데타 이후 아리스티드 지지 세력에 대한 탄압과 폭력은 계속됐고, 평화유지군의 이름으로 주둔한 유엔군 역시 점령군으로서 아이티 민중에 대한 인권침해와 무력 탄압을 계속했다.

2006년 2월 7일 아이티 대선에 33명의 후보 출마. 아리스티드의 라발라스 당 지도자들이 불법으로 투옥된 상태에서 아리스티드의 정치적동지였던 르네 프레발 출마. 프레발에 대한 민중의 지지는 압도적이었으나 투표 방해와 부정행위로 결국 결선투표 실시. 투표 부정에항의하는 대중시위가 일어나자 결국 프레발의 대통령 당선을 선언하기에 이른다.

아리스티드는 누구인가?

1953년 7월, 아이티의 항구도시 포르트살루에서 태어났다. 아리스티드는 1980년대에 아이티의 수도 포르토프랭스의 가장 큰 빈민가에서 정치적으로 바른 소리를 잘하는 신부로 두각을 나타내기 시작했다.

30년 동안 아이티 민중을 괴롭히던 뒤발리에의 독재 정치에 대한 용기 있는 비판, 아이티 민중의 희망을 담고 있는 메시지, 개개인의 존엄에 대한 확실한 주장은 수많은 사람들을 아리스티드의 교회로 이끌었다.

아리스티드는 1990년, 아이티 최초의 민주적 대통령 선거에서 67퍼센트의 압도적인 지지로 당선되었다. 하지만 군사 쿠데타로 인해 강제로 실각, 망명길에 올라야만 했다. 1994년 10월 15일에야 유엔의 도움을 받아 16개월 남은 그의 대통령 임기를 마치기 위해 아이티에 돌아왔다. 2000년 선거에서 다시 대통령에 당선되었으나, 2003년 2월 미국이 주도한 쿠데타 세력이 포르토프랭스의 대통령 관저를 무단 점거한 뒤, 납치당해 중앙아프리카로 가야 했다. 부시 정부는 아리스티드를 속죄양으로 삼아, 아이티의 사회·경제적 상황을 악화시킨 주범이라고 몰고 있다.

아리스티드는 대통령에 재임하는 동안 최저임금을 두 배로 인상시켰고, 정부 보조금을 지급해 저곡가 정책을 실시했다. 학교 건립과 문맹률 저하를 위해 꾸준히 노력해 민중들의 절대적 지지를 받았다.

2007년 현재, 아리스티드는 아직도 고국에 돌아오지 못한 채 지구화에 맞서 아이티의 더 나은 미래를 제시하면서 '민주주의를 위한 아리스티드 재단'과 '라팡미 셀라비'를 통해 가난한 민중을 돕고 있다.

차례

가난한 벗들에게 보내는 희망의 편지

—장 베르트랑 아리스티드

저는 날마다 이 나라 곳곳의 남녀들이 보낸 편지 수백 통씩을 받습니다. 그 편지들은 집이나 재단(지은이가 1986년에 세운 '민주주의를 위한 아리스티드 재단 The Aristide Foundation for Democracy'. 옮긴이)으로 오기도 하고, 또 제가 밖에 나갔을 때 사람들한테서 한 아름씩 받아 오기도 합니다. 사람들은 구직이나 주거, 자녀들의 학비나 양육비, 아이들의 장례비(아이티는 아메리카 대륙에서 유아사망률이 가장 높다. 옮긴이) 같은 고통에 대해 말합니다. 대체 누가 이 편지들을 썼을까요? 아이티는 문맹률이 85퍼센트나 되는 까닭에 편지를 보내는 이와 실제 그것을 쓴 사람이 같지 않은 경우가 많습니다. 어머니는 자식에게 부탁하고, 가까운 이웃들끼리 서로 도움을 청하기도 한답니다. 심지어, 제가 알기로는 그들 대부분이 편지지나 봉투를 사기 위해 돈을 빌려야만 하는 경우도 많습니다. 이것들은 공적인 문제들을 청원하는 사적인 편지들입니다. 편지 속의 문제들은 국제적인 요인들과 연결되어 있습니다. 사람들은 제가 그들의 문제들을 해결해 주리라 기대하면서 편지를 쓰는 것입니다. 하지만 그 문제들이나 해결책 모두 아이티 안에서 시작되고 끝나는 것이 아닌 탓에, 저로서는 편지 속의 문제 가운데 일부를 아이티 밖에도 알려야겠다는 생각을 하게 되었습니다.

그런 생각 끝에, 글조차 쓸 수 없는 아이티의 형제자매들을 위해 이 기록들을 쓰게 되었습니다. 우리가 함께 나누는 깊은 교우, 거기서 비롯되는 사랑과 감사로 이 글을 씁니다. 아이티의 가난한 사람들이 제게 가르쳐 준 것들을 당신께도 부칩니다. 만일 당신 손에 이 책이 쥐어진다면, 당신은 무언가를 배우러 학교에 가는 것과 똑같은 기회를 얻게 되는 것일지도 모릅니다. 어쩌면 당신은 가난한 사람들에게 기꺼이 귀 기울이는 분일지도 모릅니다. 또 이런 것에 대해 배우는 것을 기쁘게 받아들이는 분일지도 모릅니다. 당신은 이미 아이티에 대해, 그리고 경제적 곤란을 겪고 있는 다른 나라들에 대해 어느 정도 알고 계신 분일 수도 있으며, 더 많은 것을 이해하려고 노력하는 중일지도 모릅니다. 그런 당신에게 이 편지를 드리는 것으로 새로운 창문 하나를 열고 싶습니다. 그 창문을 통해 당신은 당신만의 세계와 맞닿을 새로운 광경을 볼 수 있을지도 모르니 말입니다.

우리 민중들을 바라볼 때마다 제게는 늘 한 가지 의문이 떠오르고는 합니다. 저렇게 적게 가지고 도대체 어떻게 살아갈 수 있을까? 아무런 희망이 없는 곳에서 도대체 어떻게 희망을 만들어 낼 수 있을까? 아무런 길이 없는 곳에서 그들은 어떻게 길을 만들어 내는 것일까? 아무런 길도 없는 곳에서 이 가난한 민중들이 만들어 내고 있는 이 길이 바로 소위 말하는 '제3의 길'입니다. 만약 새로운 세기의 새벽인 이때 가난한 나라나 부자 나라나 할 것 없이 수십 억 인류가 똑같이 경제적 지구화의 영향력에 대처하고 있는 중이라면, 저는 이 편지를 지구화 시대의 가난한 민중들을 위한 길을 여는 데에 하나의 작은 헌사로나마 바치고 싶습니다.

제가 받는 모든 편지가 다 고통에 대한 호소로 채워져 있는 것은 아닙니다. 감사와 축하의 편지 또한 받기도 하는데, 그 편지들은 쿠데타로 인한 억압을 끝낸 1994년 민주주의의 회복과 1995년 아이티 군대의 해산을 고맙게 여기고 있는 것들입니다. 아이티 민주주의의 회복은 이 나라 안에서만 시작되고 끝난 것이 아닌 탓에, 이러한 감사는 응당 세계 여러 나라 사람들의 몫으로 돌려져야만 합니다. 아이티 국민들을 대신해서, 수년에 걸친 우리의 투쟁을 지지해 준 아이티 밖의 친구들, 특히 1994년 민주주의의 회복을 현실로 만들기 위해 참여하고 압력을 가하고 일해 준 모든 분들께 깊은 감사의 인사를 전합니다.

2000년 3월 아이티에서

©Jennifer Cheek Pantaléon

부자는 더 부유하게,
가난한 자는
더 가난하게

이제 우리 행성은 꼬박 13억의 인구가 하루 1달러에도 못 미치는 돈으로 살아가는 새로운 세기에 들어서고 있습니다. 30억의 사람들, 즉 세계 인구의 절반이 하루 2달러 이하의 돈으로 살아가고 있습니다. 하지만 동시에 이 행성은 전례 없는 경제적 성장을 구가하고 있는 중입니다. 이 세계의 부의 축을 나타내는 통계들은 믿기 어려울 만큼 놀라운 것들입니다. 그러나 현재 처지에서 가장 절망스러운 것은 이 통계들이 세계의 부가 편중되어 있다는 것을 그대로 보여 준다는 사실입니다. 1960년대에는 세계의 부유한 20퍼센트가 전체 부의 70퍼센트를 가졌습니다만, 오늘날 세계의 부자들은 부의 86퍼센트를 가지고 있습니다. 1960년대에는 세계의 가난한 20퍼센트가 전체 부의 2.3퍼센트만을 가지고 있었으나, 오늘날에는 겨우 1퍼센트로 줄어들었습니다.

당신의 다섯 손가락이 세계 인구를 나타낸다고 한번 생각해 봅시다. 그 손에 100달러가 있다고 칩시다. 오늘날 세계의 부유한 20퍼센트에 해당하는 엄지손가락이 그 자신만을 위해 85달러를 가지고 있습니다. 새끼손가락은 단 1달러만 가지고 있습니다. 엄지손가락은 뒤도 돌아보지 않은 채 엄청난 속도로 부를 축적하고 있습니다. 새끼손가락은 경제적 비탄으로 점점 가라앉기만 합니다. 이 둘 사이의 거리는 하루하루 멀어져만 갑니다.

이러한 경제적 위기의 이면에는 인간의 위기가 있습니다. 가난한 이들 사이에는 헤아릴 수 없는 인간적 고통이 있고, 권력자나 정책 입안자 같은 사람들에게는 시장과 '보이지 않는 손'을 하나의 종교로 만들어 버린 영혼의 결핍이 있습니다. 상상력의 위기가 너무나 깊은 탓에 이윤만이 유일한 가치의 척도가 되어 버렸고, 경제적 성장만이 인류의 진보를 측정할 수 있는 유일한 수단이 되어 버렸습니다.

우리는 아직 먹는다는 것이 기본적인 인간의 권리라는 사회적 합의에조차 도달하지 못하고 있습니다. 이것은 윤리적인 위기입니다. 믿음의 위기입니다.

지구적 자본주의는 우리 행성을 집어삼키는 기계입니다. 당신의 새끼손가락, 즉 가난한 20퍼센트의 남녀들은 이 기계의 톱니바퀴들로 뒤바뀌어, 지구적 생산의 끄트머리 자리에 앉아 있습니다. 단지 싸구려 노동력으로 취급받으면서, 누구라도 쓰고 버릴 수 있는 그런 존재가 된 것입니다. 그 기계는 가난한 사람들의 고통을 측정할 수도 없고, 측정하려 들지도 않습니다. 또한 그 기계는 우리 행성의 고통도 측정하지 않습니다. 매초마다 축구장 크기만 한 들판이 사라지고 있습니다. 이 사실만으로도 보통 사람들은 그들의 가장 기본적 권익인 산소를 지키기 위해 함께 모여야 합니다. 그러나 우리는 그 기계에 압도당할 뿐입니다. 엄지손가락과 새끼손가락 사이의 간극은 이제 한계점에 다다랐습니다.

©Jennifer Cheek Pantaléon

누가
크리올 돼지를
죽였는가?

"

시체 보관소에서 일하는 한 사람이
막 수십 구의 시체를 처리하는 참이었다.
죽지 않고 살아 있던 영혼이 테이블에서
몸을 일으켜 머리를 흔들며 외쳤다.
"난 죽지 않았어!"
그러자 시체 보관소 직원이 대답했다,
"그래, 넌 죽지 않았어.
근데 의사가 말하기를, 넌 죽었대.
그러니 계속 누워 있어."

"

오늘날에는 세계 시장의 수조 달러가 넓게 퍼진 컴퓨터 네트워크를 통해 매일매일 거래되고 있습니다. 이 시장에서는 아무도 서로에게 말을 건네지 않고, 누구도 서로에게 손을 대지 않습니다. 단지 숫자만이 셈을 하고 있을 뿐입니다.

그럼에도 이 얼굴 없는 경제는 실제 경제나 생산되고 있는 경제보다 다섯 배나 큽니다.

우리는 이 얼굴 없는 시장과는 다른 시장도 알고 있습니다. 아이티 산지의 높은 평원에는 지금도 일주일에 한 번, 수천 명의 사람들이 모여듭니다. 이곳은 제가 어릴 적에 살던 포르트살루 너머의 산지에 있는 시장입니다. 그 풍경과 향기, 왁자지껄한 소리며 여러 빛깔들이 저를 휘감습니다. 이 시장에는 누구라도 올 수 있습니다. 와

25

보지 않고는 상상도 못하실 겁니다. 숲에 묶여진 채 팔려 가기를 기다리고 있는 당나귀가 얼마나 많은지 모릅니다. 어디를 가도 물건들이 펼쳐져 있습니다. 양파, 부추, 옥수수, 콩, 감자, 양배추, 카사바, 아보카도와 망고 열매 같은 갖은 열대 과일은 물론, 닭, 돼지, 염소, 그리고 배터 리와 테니스 신발까지 있습니다. 사람들은 물건과 새 소식을 주고받습니다. 산지에 있는 이 시장은 사회적, 정치적, 경제적 생활이 한데 어우러지는 중심지입니다. 한 여인네는 손님을 조르거나 구슬리기도 합니다. "어서 오세요, 양파들이 아주 달콤해요. 당신만 기다리고 있었어요" 손님은 웃어넘기기도 하고 흥정이 될 때까지 도리어 주인을 구슬리기도 합니다. 시장에서 사람들은 거래와 웃음, 잡담과 정치 이야기, 의학이나 육아에 관한 조언을 나누어 가집니다. 하지만 시장도 변하고, 이제는 인간이 변해 갑니다.

우리는 교역을 반대하지 않으며, 자유무역도 반대하지 않습니다. 우리의 두려움은 이 지구적 시장이 예전의 우리 시장을 모조리 없애고야 말 것이라는 데 있습니다. 우리는 도시로 밀려날 것입니다. 그러고는 날마다 첫 경매부터 숫자 게임에 좌우되는 값으로, 시골에서 먼 공장

형 농장에서 생산한 음식을 사 먹게 될 것입니다. "이것이 더 효율적이다." 경제학자들은 말합니다. "당신네들의 시장, 당신들의 삶의 방식은 효율적이지 않다." 경제학자들은 또 말합니다. 그러나 우리는 묻습니다. "모든 거래를 숫자로 환원시킬 때, 당신들이 인간적인 것을 모두 사라지게 했을 때, 과연 무엇이 남겠는가?"

세계 시장의 통합을 뜻하는 '지구화'는 가난한 이나 부자에게나 소비할 상품과 오락이 넘쳐나는 지구적 문명으로 "모두 데리고 가겠다"고 했고, 물질적 풍요를 약속했습니다. 실제로 1980년 이후 대부분의 제3세계에서는 지구화를 받아들였습니다. 제3세계에서는 그들의 경제 공동체를 세계에 열어 주었으며, 관세를 낮추었고, 자유무역을 수용했으며, 선진국에서 상품과 서비스를 사들였습니다. 세계는 서로 좀 더 가까워지는 것처럼 보였습니다. 엄지손가락과 새끼손가락의 간격은 더 벌어지지 않는 것처럼 보였습니다.

하지만 자유무역을 받아들인 뒤 가난한 나라들에서 어떤 일이 벌어졌는지 아십니까? 아이티에서는 1986년에 이 나라의 주식인 쌀을 7천 톤 수입했습니다. 아이티에서는 대부분의 넓은 지역에서 벼를 재배하고 있었습니다. 1980년대 후반에 아이티는 국제 금융 기구가 주도하는 자유무역 정책에 따라 쌀 수입 관세를 올렸습니다. 그러자 쌀농사에 정부 보조금을 지급하는 미국의 값싼 쌀들이 곧바로 유입되기 시작했습니다. 아이티 시장의 개방은 쌀농사에 대한 정부 보조금을 인상하기로 한 미국의 농장법안 '팜 빌Farm Bill'(이로 인해 1987년경에는 미국의 쌀 재배 농가 이윤의 40퍼센트를 정부가 지급했습니다.)이 제정된 1985년과 시기와 일치합니다. 아이티의 영세 농민들은 경쟁해 볼 도리가 없었습니다. 1996년까지 아이티는 19만6천 톤의 외국 쌀을 1년에 1억 달러씩 지불하면서 수입해 왔습니다. 결국 아이티 국내의 쌀 생산은 보잘것없는 수준으로 떨어졌습니다. 일단 외국 쌀에 대한 의존도가 높아지자 쌀 수입 가격이 먼저 오르기 시작했습니다. 아이티를 떠나는 인구, 특히 도시 빈민의 숫자가 늘어나기 시작했는가 하면, 높아만 가는 세계 곡물 값의 변덕에 장단을 맞추어야 했습니다. 그러고도 값은 계속 오르기만 했습니다.

자, 우리는 여기에서 어떤 교훈을 얻어야 합니까? 가난한 나라들에게 자유무역은 그렇게 자유롭지도, 그렇게 공정하지도 않습니다. 미국은 국제 금융 기구의 강력한 비호 아래 쌀 농업에 대한 정부 보조금을 증가할 수 있었으나 아이티는 자국 농업을 포기해야 했습니다. 안 그래도 배고프던 나라가 더욱 허기지게 된 것입니다.

지구화된 경제체제에서 외국인 투자는 빈곤을 완화시켜 주는 열쇠인 것처럼 떠들고는 합니다. 그러나 사실 외국인 투자의 가장 큰 수혜자는 1985~1995년 동안 4,770억 달러를 유치한 미국입니다. 영국이 1,990억 달러로 상당한 격차를 둔 채 2위를 차지했으며, 10위권에 든 유일한 제3세계 국가인 멕시코가 440억 달러를 유치했을 뿐입니다. 1995년 멕시코의 금융 위기로 이 돈의 대부분이 하룻밤 사이에 쓸려 나갔을 때, 우리는 외국인 투자가 진정한 투자가 아니라는 것을 배웠습니다. 그것은 투기에 가깝다고 해야 합니다. 내 나라 아이티의 경우에는 투자 통계를 찾기란 거의 불가능합니다. 우리는 이제 겨우, '비참한 상태'에서 '존엄한 가난'으로 옮겨가는 중일 뿐입니다.

제1세계의 많은 사람들은 개발도상국에 원조로 쓰이는 돈이 어마어마한 줄 알고 있습니다. 사실 그 액수라야 선진국 국민총생산(GNP)의 0.03퍼센트에 지나지 않는

데도 말입니다. 1995년 미국 '원조처'의 처장은 의회에서, "모든 개발도상국에 원조하는 달러의 84퍼센트는 다시 미국 상품이나 서비스를 구매하는 데 쓰임으로써 미국 경제에 되돌아온다."고 증언하여 원조국을 변호할 수 있었습니다. 미국이 세계은행에 1달러를 예치할 때마다 어림잡아 2달러가 상품과 서비스를 구매하기 위해 실질적으로 미국 경제로 들어갑니다. 한편 1995년, 부채가 극심한 저소득 국가들은 빌린 돈보다 많은 10억 달러 이상을 국제통화기금(IMF)에 원금과 이자로 지불했습니다. 사하라 사막 남쪽에 있는 아프리카 46개국은 해외 채무의 이자가 그들 나라 모두의 1996년도 보건 · 교육 예산을 합한 것보다 네 배나 많았습니다. 그리하여 우리는 원조가 원조가 아니라는 것을 알았습니다.

이익이 늘어나고 있다고, 경제가 성장하고 있다고, 수백만 달러의 원조금을 너희 나라에 쏟아 붓고 있다고 엄지손가락이 새끼손가락에게 말하는 내내, 새끼손가락은 날마다 더 깊은 비참함 속으로 가라앉고 있다는 것을 알고 있습니다. 도대체 누구의 이익이란 말입니까? 도대체 누구의 경제가 성장한다는 말입니까? 과연 누구를 위한 원조란 말입니까? 지구적 자본주의의 논리는 새끼손가락에게는 논리적이지 않습니다. 우리는 이것을 정신분열증이라 부릅니다.

1980년대 아이티 토종 돼지가 전멸했던 역사는 지구화의 전형적인 사례입니다. 작고 검은 크리올 돼지는 아이티 농촌 경제의 핵심이었습니다. 아이티 사람들이 아주 정성스럽게 길렀고, 아이티 기후와 조건에 잘 적응한 돼지였습니다. 손쉽게 구할 수 있는 음식 찌꺼기를 먹을 뿐 아니라 음식 없이도 사흘은 지낼 수 있었습니다. 시골 가구의 80~85퍼센트는 돼지를 기르는데, 돼지를 기르는 것은 토양을 비옥하게 유지하는 데 결정적인 역할을 할 뿐 아니라 농민의 개인 저축은행 노릇도 했습니다. 전통적으로 돼지는 위급한 일이 생겼을 때나 장례나 결혼, 세례 같은 일을 치를 때, 병을 앓을 때, 새 학기가 시작하는 10월에 학비나 책값을 지불해야 할 때 팔아서 요긴하게 썼습니다.

1982년 국제기구는 아이티의 농민들에게 돼지가 병들었으니 그 질병이 북쪽의 다른 나라로 퍼지지 않게 도살해야 한다고 단언했습니다. 병든 돼지 대신 더 나은 돼지들이 들어올 것이라는 약속이 이루어졌습니다. 그래서 그 어떤 개발 프로젝트에서도 보기 힘든 고도의 효율

성으로, 13개월 동안 크리올 돼지들은 모두 도살되었습니다.

2년 후 미국의 아이오와에서 크리올 돼지보다 더 낫다는 새 돼지들이 들어왔습니다. 그 돼지들은 위낙 훌륭한지라 아이티 인구의 80퍼센트가 식수난에 처해 있는데도 깨끗한 식수를 먹게 해야 했고, 당시 아이티의 1인당 국민소득이 130달러인 상태에서 90달러나 하는 수입 사료를 먹여야 하는데다가 덮개가 있는 돼지우리까지 있어야 했습니다. 아이티 농민들은 누가 먼저랄 것 없이 그 돼지들에게 "프랭스 아 캬트르 피에(Prince à quatre pieds, 네 발 달린 왕자)"라는 별명을 붙여 주었습니다. 엎친 데 덮친 격으로 고기의 맛도 그다지 좋지 않았습니다. 말할 것도 없이 새 돼지의 이주 계획은 완전한 실패였습니다. 이 과정을 지켜본 한 관계자는 아이티 농민의 손실액이 6억 달러에 이를 것으로 평가하기도 했습니다. 시골 학교에 등록한 학생 수는 30퍼센트나 떨어졌고, 시골 사람들의 단백질 섭취량도 급격히 줄어들었습니다. 농촌 경제가 황폐화될 만큼 자본이 이탈했고, 이 일로 아이티의 토양과 작물의 생산성은 수치로 따지지도 못할 부정적 영향을 받게 되었습니다. 아이티 농민들은 오늘날까지도 그때의 충격에서 헤어 나오지 못하고 있습니다.

아이티 시골 마을 대부분은 여전히 지구적 시장들에서 고립되어 있었고, 많은 농민들에게는 크리올 돼지의 전멸이 그들이 겪은 최초의 지구화였습니다. 그래서 그때의 경험이 집단적인 기억으로 중요하게 자리하고 있는 것입니다. 오늘날 아이티 농민들은 '경제개혁'이나 민영화가 그들을 이롭게 하리라는 얘기를 들을 때면 이해할 만하기는 하지만 아주 조심스럽다는 반응을 보입니다. 국영기업이 병들어 민영화해야만 한다고 우리가 말해 보지만, 농민들은 크리올 돼지를 떠올리며 고개를 젓습니다.

1997년에 국영 밀가루 제조 공장을 판 것도 농민들을 더욱 회의적으로 만들었습니다. 밀가루 공장의 한 해 수익을 어림잡아 계산해도 연간 2천만~3천만 달러는 되는데 고작 9백만 달러에 팔렸습니다. 그 밀가루 제조 공장은 아이티의 가장 큰 은행과 연계된 투자 그룹의 손에 넘어가 버렸습니다. 여기서 한 가지는 확실히 알 수 있습니다. 이런 식으로 국영기업을 팔아넘기는 것은 1퍼센트의 부자들이 아이티 전체 부의 45퍼센트를 가지고 있는 상황에서 부의 편중을 더 심화시킬 것이라는 사실입니다.

가난한 나라들이 이 '새로운' 경제 질서의 어디쯤 떨어질 것인지, 미련을 못 버리고 굳이 알고 싶다면 세계은행에 한번 주목해 보시기 바랍니다. 1996년 9월 런던의 「가디언」은 '세계은행 전략 보고서'의 초안을 인용했는데, 그 보고서는 아이티 인구의 70퍼센트를 차지하는 농민 대다수가 세계은행이 주도하는 자유 시장 조치에 살아남지 못할 것이라고 예견하고 있습니다. 보고서는 이렇게 결론을 내리고 있습니다.

"소량 생산과 주변 환경의 개발 압박은 시골 사람들에게 두 가지 선택만을 던져 주게 될 것이다. 제조업이나 서비스 분야에서 일을 하든지, 아니면 다른 나라로 가든지."

현재 제조업 분야는 겨우 2만 명의 아이티 사람들에게만 일자리를 제공하고 있을 뿐입니다. 포르토프랭스 Port-au-Prince에는 이미 250만의 인구가 살고 있는데, 그 가운데 70퍼센트가 공식적인 실업 상태에 있으며 서반구에서 가장 절망적인 상황 속에 살고 있습니다. 게다가 아이티 보트 피플(뒤발리에Jean Claude Duvalier 독재 정권 시절인 1970~1980년대에, 빈곤과 테러를 피해 8백 마일이나 떨어진 미국의 플로리다 해변으로 수만 명의 난민들이 바다를 헤쳐 갔다. 하지만 겨우 살아남은 사람들도 대부분 미국의 입국 거부로 아이티로 송환되었다. 옮긴이)의 비극적인 역사를 상기한다면 해외 이주라는 두 번째 선택은 사실상 현실적인 선택으로 받아들여지기가 불가능합니다.

지구화가 이 가난한 사람들에게 들이미는 선택들을 보니 이야기 하나가 떠오릅니다. 우리와 함께 '라팡미 셀라비'(Lafanmi Selavi, 거리의 아이들을 위한 센터로 지은이가 1986년에 아이티 수도 포르토프랭스에 만들었다. 옮긴이)에 살았던 사내아이 아나톨은 국영 항만에서 일하고 있었습니다. 어느 날 아주 권세 있는 사업가가 아나톨에게 대형 하역용 지게차의 사보타지를 부탁하며 돈을 건넸습니다. 아나톨은 그 사업가에게 말했습니다.

"좋아요, 하지만 이제 난 죽은 목숨이에요."

사업가는 놀라 되물었습니다.

"아니 왜?"

"왜냐하면 말이죠, 여기서 밤에 어슬렁거리다가 당신이 요구한 대로 행동하면, 사람들이 나를 총으로 쏠 거거

든요. 그리고 만약 당신이 요구한 대로 하지 않으면, 아마 당신이 나를 죽이겠죠."

제가 믿기로는 이 딜레마는 가난한 사람들의 전형적인 딜레마입니다. 바로 죽음과 죽음 사이의 선택이지요 우리는 그 속에서 살아남지 못할 것을 압니다. 우리가 지구적 경제 체계로 들어가든, 지구적 경제화를 거부해서 서서히 굶어죽든 결과는 마찬가지입니다. 이러한 상황에서 제3의 길을 찾는 일은 말할 수 없이 시급합니다. 우리는 궤도를 수정할 약간의 여지와 생존만이라도 확보할 수 있는 열린 공간을 반드시 찾아내야만 합니다. 우리는 우리 스스로를 시체 보관소의 테이블에서 일으켜 의사들에게 말해야 합니다. 우리는 아직 죽지 않았다고 말입니다.

©Jennifer Cheek Pantaléon

세 번째 편지

나는 주스가
더 좋아요

이번에는 조금 다른 이야기를 해 보겠습니다. 저는 주말이면 이웃의 어린아이들을 초대해 함께 시간을 보내고는 합니다. 어느 날 엄마도 아빠도 없는, 작고 예쁜 네 살짜리 여자아이 플로랑스가 찾아와 놀고 있었습니다. 플로랑스가 수영 갈 채비를 하고 있기에 어디에서 수영을 할 거냐고 물었습니다. 수영장에 한 번도 가 본 적이 없는 플로랑스는, "저 커다란 양동이에서요" 하고 대답하더군요 난 수영장이 큰지 작은지 물어보았습니다. 그랬더니, "아주 아름다워요" 하고 대답하는 것입니다. 나중에 아이들에게 콜라를 가져다주면서 플로랑스를 좀 골려 주려고 제가 그랬지요 "이건 술이니까 마시지 말아라." 하고 말입니다. 플로랑스는, "아니에요, 이건 콜라예요" 하더군요 제가 다시, "아니야, 플로랑스 이건 술이니까 조심해야 해." 하고 말했습니다. 그랬는데도, "그건 콜라예요." 하고 대답하더군요. 그래서 저는 또, "너는 콜라가 좋으니, 술이 좋으니?" 하고 물어보았습니다. 플로랑스가 아주 단호하게 대답하더군요. "난 주스가 더 좋아요." 우리가 얼마나 웃었는지 상상이 가세요?

제가 플로랑스에게 수영장이 큰지 작은지, 두 가지 선택을 제시했을 때 플로랑스는 제3의 것을 만들어 냈습니다. 제가 술이랑 콜라 중에 어느 것을 더 좋아하느냐고 물었을 때도 플로랑스는 다시 제3의 선택을 만들어 냈습니다. 플로랑스는 꾸밈없이 자연적인 방식으로 응답을 하는 어린아이입니다. 이성적으로 사고하는 어른들은 플로랑스처럼 행동할 수 없을까요? 우리에게 두 가지 선택만이 주어졌을 때 우리도 플로랑스처럼 제3의 길을 창조할 수 있습니다.

가난한 사람들은 제3의 길을 창조하는 데 오랜 경험을 가지고 있습니다. 가난한 사람들은 날마다 죽음과 맞댄 채 살고 있습니다. 하지만 그들은 살아 있습니다. 우리 아이티 사람들은 수백 년 동안 이런 방식으로 생존해 왔습니다. 가난한 사람들은 어리석기 때문에 가난하다고 믿는 사람들에게는 이런 생각이 좀 거슬리는 발상인

지도 모르겠습니다. 이렇게 믿는 사람이라면 가난에 대한 해결책은 가난한 사람들에게서 나올 수 없다고 생각할 것입니다. 그러나 사실은, 우리가 이렇게 살아 있을 수 있는 것은 다른 나라들의 원조나 도움 덕이 아니라, '그럼에도 불구하고' 살아 있다는 것입니다. 우리는 우리의 거대한 생존 능력 덕에 이렇게 살아 있습니다. 아이티뿐 아니라 세계 여러 곳의 가난한 사람들, 그들이 살아온 역사는 일종의 인간애의 박물관입니다.

평균적인 아이티 사람들은 일 년에 250달러에도 못 미치는 돈으로 살아가고 있습니다. 이러한 상황이 매일 상상력을 요구하고 있습니다. 인구의 1퍼센트가 나라 전체 부의 45퍼센트를 좌지우지하고 있습니다. 그곳에 복지란 없습니다. 포르토프랭스의 가장 큰 빈민가인 시테솔레이유Cite Soleil에는 40만 명의 사람들이 6.4제곱킬로미터에 모여 살고 있습니다. 아마 서반구에서 최악의 주거 조건일 것입니다. 당신이 시테솔레이유에 방문한다면 사람들이 밤에도 잠들지 않는다는 사실에 강한 인상을 받을 것입니다. 그곳은 밤이고 낮이고 움직임이 끊이지 않는 곳입니다. 한꺼번에 모든 사람들이 누울 수 있는 물리적 공간이 확보되지 않았기 때문입니다.

그곳 사람들은 교대로 잠을 잡니다. 무엇이 이들을 지탱하고 있는 것일까요?

자, 이제 한번 생각해 봅시다. 작년에 쓰레기 더미에서 우리 재단의 선생님 한 분이 생후 한 달된 아기를 발견했습니다. 아이 손의 일부는 이미 개미들에 의해 뜯겨져 나갔습니다. 아기를 발견한 로즈 선생님은 가난한 여성인 데다가 이미 두 아이의 엄마입니다. 그런데도 그 아기를 자발적으로 받아들여 '작은 모세'라는 뜻을 지닌 '티모시'라는 이름까지 지었답니다. 로즈 선생님은 시장 가치를 넘어선 곳에 인간적인 가치가 있다는 것을 가르쳐 주고 있습니다. 아이들은 버려져서는 안 되는 존재라는 것을 가르치고 있습니다.

이 사람들은 어떻게 생존하고 있는 것일까요? 왜 유독 아이티에서는 자살했다는 사람들의 이야기를 들을 수 없는 것일까요? 이것을 이해하기 위해서는 통계를 넘어선 곳으로 옮겨 가야만 합니다. 아이티 사람들의 풍요로움을 보기 위해서는 문화적 요인을 고찰해야만 합니다. 풍부한 유머, 온화한 성격, 곧잘 터져 나오는 웃음, 품위, 연대감 따위들 말입니다. 우리 아이티 사람들은 될 수 있는 한 음식을 나눠 먹는 전통이 있습니다. 친구나 친척이 아이를 기를 수 없을 때 우리는 그 아이들을 대신 기릅니다. 우리는 수확 때가 되면 콘비(Konbit, 아이티의 전통적 농촌 공동 조직을 뜻하는 크리올 어다. 과거 우리 농촌의 두레와 유사하다. 옮긴이)를 이루어 함께 일하기도 하고, 이웃의 집을 함께 짓고 그 대가로 하루 일이 끝날 때 곡물로 나눠 받기도 합니다. 우리는 더 이상 들어설 수 없이 꽉 찬 탭-탭(tap-tap, 커버가 씌워진 픽업트럭으로 포르토프랭스에서 대중교통 수단으로 쓰입니다.)에 한 자리를 더 만들어 낼 수도 있습니다. 대부분의 아이티 사람들은 통계학자들의 손이 미치지 않는 방대한 비공식적 경제권에서 살아가고 있으며, 아직도 도시 노동 인구의 70퍼센트가 그런 곳에서 생계를 유지하고 있습니다. 그런데도 여전히 미소 짓고 있으며, 웃음을 잃지 않습니다. 아이티에서 우리는 이런 방식으로 부자입니다. 아이티에는 영혼의 부유함이 있고, 그곳에서 제3의 길이라는 에너지가 발원합니다.

그렇게 오래되지 않은 어느 날, 유럽의 두 선원이 아이티 해안가에 처음으로 배를 댔습니다. 콜럼버스처럼 그들이 지닌 지도도 정확하지 않았습니다. 그들이 갖고 있던 카리브 해의 항구 지도에 의하면 그곳에는 포르토프랭스 만에 있는 작은 섬 이보렐르 해안의 부두가 있었어야 합니다. 그들은 입국 절차만 끝나면 식당에서 음식도 먹고, 그들과 만나기로 되어 있던 포르토프랭스의 친구도 만날 수 있을 것이라 생각했습니다. 하지만 그들이 도착한 곳에는 몰락한 성채나 버려진 호텔처럼 부두도, 식당도, 전화도, 해안경비대도 없었으며, 그들의 도착을 기록할 만한 공무원도 없었습니다. 바닷가에 있던 어부들은 조용히 뭍으로 배를 끌어올리고 있었습니다. 잠시 뒤 어부들 중 한 사람이 다가와서는 뭍으로 실어다 주겠다고 말했습니다. 또 다른 어부는 그들이 타고 온 배를 지켜봐 주겠다고 했습니다. 가까이에 있던 사람들이 한 사람씩 와서는 길 잃은 백인들이 길을 찾도록 도와주겠다고 말하는 것이었습니다. 어부들은 이들 '보트 피플'을 잘 대접해 준 것입니다. 결국 두 사람은 어부들의 도움을 받아 좀 떨어져 있는 곳의 전화로 친구와 통화를 할 수 있었습니다. 이 경험이 두 사람의 백인들에게는 큰 감동으로 다가왔습니다. 많은 곳을 여행해 보았지만 아이티만큼은 뭔가 다른 것 같다고 그들은 말했습니다. 도착하는 그 순간부터 어떤 신비로운 것을 느꼈다고 했습니다. 사람들은 이 나라에 부족한 위락 시설을 환대로

46

메운 것입니다. 가난으로 인한 고통도 이 사람들의 친절함을 망가트려 놓지는 못했습니다. 그 옛날 콜럼버스가 우리의 섬에 발을 딛었을 때도, 아라와크 인디언들은 두 팔 벌려 환영했습니다. 이 섬사람들은 그때나 지금이나 방문객을 기쁘게 맞이하고 있습니다. 다만 이제는 경계하는 눈빛 또한 감추지 않는다는 것이 다를 뿐입니다.

또 우리 아이티 사람들은 잘 뭉칩니다. 우리 역사 전체가 우리의 결집을 보여 줍니다. 30년 동안의 독재를 끝내기 위해 우리는 힘을 모았습니다. 국내에 있는 사람들은 물론 전 세계에 흩어져 있는 아이티 사람들까지 하나로 뭉쳐 3년간의 쿠데타에 맞섰습니다. 아이티는 아홉 개의 지리적 구역으로 나뉘어져 있는데, 해외에 살고 있는 백만 명 이상의 아이티 인을 열 번째 구역의 주민이라 부르곤 합니다. 아이티가 쿠데타에 휘말려 있을 때 캐나다와 미국에 있는 동포들은 살을 에는 겨울 추위에도 날마다 시위를 벌였습니다. 이 열 번째 구역에서 매일같이 성금이 모아졌다는 사실도 덧붙여야 할 것 같습니다. 그렇게 모은 4억~6억 달러에 이르는 돈은 해마다 아이티 동포들에게 전해졌습니다. 해외 아이티 인들의 막강한 인적·재정적 자원이 저수지의 물처럼 쌓여 있기 때문에 이러한 연대가 가능할 수 있었습니다. 아이티의 발전을 위해 이러한 자원들을 한데 모으는 것이 우리의 미래를 여는 열쇠 중 하나가 되리라는 사실을 우리는 알고 있습니다.

1998년 9월 30일, 전에 제가 몸담았던 라살랭의 성장 보스코St. Jean Bosco 성당에는 쿠데타 발발 7주년을 기억하기 위해 사람들이 한데 모였습니다. 제가 그곳에 채 도착하기도 전에 사람들이 저를 데리러 왔을 정도였습니다. 저는 사람들이 이끄는 대로 라살랭에서 생마르탱을 거쳐 시테솔레이유까지 왔습니다. 옮겨 가는 군중에 휩쓸려 같이 따라 갈 수밖에 없었습니다. 군중들이 워낙 가까이에서 저를 에워싸고 있었던지라 언제 성당(1988년의 대학살 이래로 이 성당은 지붕도 없이 벽만 남은 채 아직까지도 다시 지어지지는 않았습니다.)에서 이 거리까지 옮겨 왔는지 알 도리가 없었습니다. 우리와 함께 행진하기 위해 집에서 나온 사람들, 거리의 행렬을 만들고 지붕 위에서 응원하는 사람들이 수천 명, 수만 명이 넘었습니다. 이윽고 시테솔레이유에 도착했을 때는 그 수가 5만에 이르렀습니다. 그것은 자발적인 희망의 표명이었습니다. 그 사람들의 눈 속에서 저는 똑같은 크기의 절망과 희망을 보았습니다. 사람들의 눈이 집에

가만히 앉아 기다리지만은 않겠다고 말하고 있었습니다. 거리에서 죽어야만 한다면 기꺼이 그렇게 하겠다고 말하고 있습니다. 사람들은 집에서 굶주리고 있습니다. 그대로 앉아만 있다가는 분명히 죽고 말 겁니다. 혹 거리로 나섰다가는 죽게 될지도 모르지만, 하지만 적어도 거리에는 어렴풋한 희망의 빛이라도 있지 않겠습니까?

그날 시테솔레이유에 있던 사람들은 경찰관 한 명을 적대시했습니다. 그 경찰이 이웃 마을 사람들을 죽였기 때문에 다들 그 경찰을 미워하는 것이라고 했습니다. 군중들이 경찰을 위협했고, 사태가 폭력으로 번지는 것을 막기 위해 제가 그 경찰을 보호하는 책임을 맡았습니다. 다행히 그 자리에서는 무사히 빠져나갔습니다만, 나중에 그 경찰은 체포되어 옥에 갇혔습니다. 정의를 제대로 구현하지 못하는 사법 체제에 의해 그 경찰이 적절히 기소되고 처벌을 받을지, 저로서는 알 수 없습니다. 다만 한 가지, 그가 다시는 시테솔레이유에 발붙이지 못할 것이라는 점만은 확실합니다. 우리가 사람들을 결집시키려면 소요를 일으켰다고, 폭력을 조장했다고, 시위를 벌였다고 고발당하는 위험을 감수해야 합니다. 그러나 우리가 그렇게 하지 않는다면, 감수해야 할 위험은 더욱

커질 것입니다.

우리들이 분노와 좌절, 자포자기를 폭력으로 분출하는 것보다 평화를 위해 집단적으로 결집하도록 해 주십시오. 체념하면서 죽는 방법과 폭력적 폭발을 통해 죽는 방법, 이 두 가지 죽음 사이에서 우리가 선택할 수 있는 집단적 결집이 바로 제3의 길입니다. 이것은 인간 에너지의 어쩔 수 없는 집중입니다. 우리에게 돈은 충분하지 않지만, 사람만은 충분합니다.

우리가 찾아 나서고 있는 제3의 길은 새로운 무엇이 아닙니다. 우리가 발명해야만 할 어떤 것도 아닙니다. 가난한 사람들에게는 결집시킬 수 있는 풍부한 경험과 지식, 기술과 에너지, 그리고 힘이 존재합니다. 바로 이런 창조성에서 우리는 배울 수 있습니다. 아이티를 비롯해 멕시코, 브라질, 동남아시아, 아프리카, 점점 늘어나는 북아메리카와 유럽의 가난한 사람들이 파노라마처럼 보여 준 인간적인 인고忍苦에서 말입니다.

©Jennifer Cheek Pantaléon

네 번째 편지

"기브 미 초콜릿"

공식적으로는 아이티에 더 이상 노예제가 존재하지 않습니다. 그러나 '레스타벡restaveks'으로 살아가는 어린이들의 삶을 통해 우리는 노예제의 잔재를 보고 있습니다. 레스타벡은 대다수의 아이티 가정에서 무급 식모로 살아가는 아이들을 일컫습니다. 보통은 여자 아이들로, 서너 살 정도밖에 안 된 아이도 있습니다. 그 아이들은 가장 먼저 일어나고 가장 늦게 잠자리에 듭니다. 물을 나르고, 집안을 청소하고, 심부름을 하는데 단 한 푼도 받지 않습니다. 대개 그 아이들은 시골 출신인데, 부모들은 자기 자식을 데리고 있는 집에서 아이들을 먹여 주고 학교도 보내 줄 것으로 기대하면서 도시 가정으로 보내고 있습니다. 레스타벡을 데리고 있는 가정은 경제 수준이 다른 가정보다는 적어도 한 단계 높습니다. 그런데도 대부분의 집에서는 그들의 자식만을 학교에 보내려 하고, 레스타벡은 제외합니다. 대개의 레스타벡 어린이들은 학교에도 못 갈 뿐더러 다른 사람들이 식사를 끝낸 뒤에야 남은 음식을 먹게 됩니다. 게다가 그 아이들은 심각한 언어적, 육체적, 성적 학대에 무방비로 노출되어 있습니다.

공식적으로 이 나라는 자유로운 국가입니다. 그러나 이 나라의 경제생활을 통해 우리는 식민주의의 잔재를 봅니다. 우리의 경제는 종속 경제, 즉 레스타벡 경제라고 볼 수 있습니다. 외국산 식량의 수입으로 우리의 농업 생산은 유례없이 낮은 수준으로 떨어졌기 때문입니다. 수출량은 아주 적고 통화 가치는 형편없기 때문입니다. 아이티 노동자들은 이 남반구에서 가장 낮은 수준의 임금을 받고 있습니다. 우리는 외국 회사를 유치하기 위해 소위 이러한 '우위'를 활용하고 내세울 수 있다는 것에 고무되어 있습니다. 그것은 우리의 경제가 부실하고, 이 나라의 살림을 떠받치기 위해 외국에서 원조와 차관에 의존하고 있기 때문입니다. 이러한 상황이 우리에게 돈을 주무르는 국제기구들의 압력에 무방비로 노출되게 합니다.

우리가 베르토니를 처음 만났을 때 그 아이는 레스타벡이었습니다. 베르토니는 우리 이웃의 아이들과 함께 우리 집에 놀러 왔습니다. 그 아이가 다섯 살 때의 일입니다. 그날 베르토니는 바라는 대로 먹고, 헤엄치며 놀았습니다. 집으로 돌아가서 베르토니는 그가 살고 있던 집 아이들에게 이 특별한 날에 대해 자랑을 막 늘어놓았습니다. 그러자 아이들의 부모가 이 말을 듣고는 화를 내는 것이었습니다. 이 하찮은 레스타벡이 자신의 아이들에게 자기만 재미있게 놀았다며 약 올리는 것을 참지 못한 것입니다. 부모들은, "네가 그렇게 대단한 아이라면 아리스티드의 집에 가야겠구나." 하고 말하면서 베르토니를 내쫓았습니다. 베르토니는 바로 레스타벡의 첫 번째 규율을 어긴 벌을 받은 것입니다. 레스타벡에게는 말할 권리가 없습니다. 다행히도 베르토니는 아주 영리했던 탓에 '라팡미 셀라비'에서 자기 길을 찾았으며, 이곳 생활에 잘 적응했습니다. 베르토니는 학교에도 가고 여기 라디오 방송국에서도 일하게 되었습니다. 이제 일곱 살이 된 베르토니는 '라디오 티무잉Radyo Timoun'의 기자로 있습니다. 이제는 말을 할 뿐만 아니라 전국의 사람들이 베르토니의 말을 들을 수 있게 되었습니다.

어느 날은 두 미국인이 아이들에게 영어를 가르치고 있었습니다. 미국인은 아이들에게 간단한 구문인 "기브 미 워터."를 반복하게 했습니다. 잘 따라 하는 아이들에게는 초콜릿을 주었습니다. 베르토니를 시키자, 그 아이는 "기브 미 초콜릿."이라고 대답했습니다. "왜 너는 '기브 미 워터'라고 하지 않니?" 하고 미국인들이 묻자 베르토니는, "누가 내가 목마르다고 하던가요?" 하고 대답하는 것이었습니다.

라틴아메리카에서 가장 오래된 공화국인 아이티가 늘 가난한 나라는 아니었습니다. 1789년 당시 아이티는 프랑스의 가장 귀중한 식민지였으며 프랑스 교역량의 3분의 1을 차지하고 있었습니다. 아이티는 세계 커피의 60퍼센트를 생산했습니다. 아이티 항구에 정박해 있는 배들이 프랑스의 항구도시 마르세유의 배보다 훨씬 많았습니다. 같은 해 아이티는, 북아메리카의 식민지 열세 곳에서 모은 것보다 훨씬 많은 부를 만들어 냈습니다.

이런 엄청난 부를 생산한 우리 선조들은 1791년에 이 예속의 사슬에 대항해 봉기를 일으켰는데, 이것은 세계에서 유일하게 성공한 노예 혁명이 되었습니다. 프랑스는 전면적인 전쟁을 일으켰는데, 13년이나 지속된 이 전

쟁으로 수천, 수만의 아이티 사람들이 죽었습니다. 아이티의 산업 시설과 농업 생산 기반도 파괴되었습니다. 프랑스와 평화 협정은 1823년에야 맺어졌는데, 아이티가 프랑스에 배상금으로 1억5천만 프랑을 지불하는 데 동의하면서 가능했습니다. 자유를 대가로 어쩔 수 없이 우리의 미래를 저당 잡혔던 것입니다. 자유의 대가로 첫 3천만 프랑을 지불하기 위해 당시 대통령이었던 부아예(Jean-Pierre Boyer, 1818년부터 1843년까지 집권했다. 경제 쇠퇴를 막으려 노력했으나 실패했다. 아이티 독립전쟁 때 프랑스 인들을 해친 데 대한 배상으로 1825년, 1억5천만 프랑을 지불하고 독립을 승인 받는 협정을 맺었다. 이 지불금은 가난한 아이티 민중에게 엄청난 재정 부담이 되었다. 옮긴이)는 학교까지 닫았는데, 지금으로 치자면 일종의 구조조정이었던 셈입니다.

쿠데타로 3년 동안 망명을 떠나 있던 제가 아이티에 돌아온 것은 1994년이었습니다. 많은 사람들은 아이티가 다시 부아예 대통령 시절과 유사한 타협에 내몰리고 있다는 느낌을 받고 있었습니다. 민주주의를 복원한다는 목표 때문에, 다시 한 번 우리의 미래를 저당 잡히게 만들 수도 있는 경제 계획에 동의하도록 요구받았던 것입니다. 쿠데타가 끝나갈 무렵 아이티의 경제는 절망적인 형국이었습니다. 경제는 30퍼센트나 추락했고, 3년 동안 주요 소비 제품의 가격은 세 배나 뛰었습니다. 정부의 금고는 쿠데타 지도자들에게 완전히 놀아나 유용되었습니다. 국제 금융 기구들은 신자유주의 노선의 경제 계획에 따라야 원조를 제공하겠다고 했습니다. 관세를 인하하고 긴축 통화 정책을 실시해야 한다고 했고, 무엇보다 민영화 정책을 요구했습니다. 아이티에 돌아온 지 두 달 후인 1994년 8월, 저는 입안된 경제 계획을 소개하기 위해 파리에서 열리는 국제 경제기구 대표들의 모임에 아이티 경제 고문단을 보냈습니다. 이른바 '파리 플랜'은 합의된 협정서라기보다는 차라리 하나의 정책 제안서 같은 것이었습니다. 거기에는 국제 사회의 구성원들이 아이티에 재정 지원을 하기 위해 필요한 갖가지 조건들, 압력을 가하고 있는 여러 요소들이 포함되어 있었습니다.

'파리 플랜'은 그 밖에도 여러 내용을 담고 있었습니다. 문맹 퇴치와 교육을 위한 자금, 쿠데타 희생자에 대한 배상금, 국영기업의 현대화를 위한 프로그램(시행 결과 기형적인 아이티의 부의 편중이 더 심화되지 않는다는 것을 보증할 수 있는 확고한 안전장치가 마련된 프로그램을 말합니다.) 등이 그것입니다. 우리는 국영기업에 관해서는 실용적인 입장을 지키려 노력했습니다. 아이티 국민 모두에게 일자리가 돌아가도록 투자할 수 있는 자금이 아이티 정부에는 없다는 것을 알고 있었습니다. 그러나 또한 국가의 자산을 왕창 세일하는 것에 맞서 그것을 보호하기를 원했습니다. 회사들을 팔아 나눠 가질 수 있는 이익이 중산층 또는 해외의 아이티 사람들이 참여하기에는 너무 적었고, 국영기업들에 대한 10퍼센트의 소유권은 쿠데타로 생긴 희생자들을 위해 떼어 두어야 했기 때문이었습니다.

아이티 속담에 이런 것이 있습니다. "우리는 구부러질지언정 부러지지는 않는다, 갈대처럼. Tankou wozo nou pliye, men nou pa kase." 갈대의 방식도 마찬가지로 제3의 길입니다. '파리 플랜'은 이 정책을 주어진 시대 상황에 맞게 맞추었습니다. 우리는 장소에 대해서는 타협했지만, 국민 절대 다수에게 가장 중요한 현안들이라고 생각한 것에 대해서는 끝까지 고집했습니다. 그러나 불행하게도 이 타협안조차 국제사회의 몇몇 집단들과 아이티 일부 사람들에게는 급진적인 것으로 보였습니다. 그래

서 1995년 9월경 국제통화기금(IMF)은 새로운 긴급 협정
서를 들고 나왔는데, 거기에는 구조조정에 대한 규정,
급진적 프로그램에 대한 철저한 배제, '파리 플랜'을 지
키라는 내용이 포함되어 있었습니다. 저는 거절했습니
다. 막후에서는 권력자들이 아이티 헌법을 정면으로 위
배하면서 의회 동의도 없이 밀가루와 시멘트 제조 공장
을 팔아먹기 위해 재빠르고 조용하게 움직이고 있었습
니다. 1995년 9월 30일, 대통령 관저에서 국영 라디오,
텔레비전과 인터뷰하면서 저는 말했습니다.

"만약 어느 누구라도 이 국영기업들을 매각하는 데
감히 공화국의 법률을 위반한다면, 그 사람은 즉각 체포
될 것입니다."

국무총리는 사임했습니다. 국제사회의 강력한 목소
리들은 '아이티로 가는 모든 기금을 가로막는 것'에 대
해 시끄럽게 떠들어 댔습니다. 국제 언론들은 격분하여
비난하면서 그들과 한패가 되었습니다. 그 선전용 기계
들은 다시 한 번 인간성 죽이기에 불을 붙인 것입니다.
다시 한 번 심리적 억압 작전을 시작한 것입니다. 그렇
지만 수십 년 동안의 경험으로 우리는 이미 이런 것들에
익숙해져 있습니다.

그런 일이 벌어지기 바로 몇 달 전, 세계은행의 총재가 아이티를 찾아왔습니다. 경제 현안에 대한 논의를 마치고 나서 예정에 없이 라살랭 지역을 찾아가게 됐습니다. 아시다시피 라살랭은 포르토프랭스에서 가장 가난한 동네 가운데 하나고, 저는 1980년대에 그곳에서 신부로 일한 적이 있습니다. 바로 그곳에서 세계은행 총재는 우리가 마주하고 있는 현실 그대로를 자신의 눈으로 직접 보면서 우리가 논의했던 것들을 보완할 수 있는 기회를 가졌습니다. 우리가 동정심을 이용하는 것일까요? 아닙니다. 때로는 우리가 귀로 듣는 것과 직접 눈으로 본 것을 비교해 볼 필요도 있습니다. 라살랭에 다녀간 사람들은 틀림없이 아이티의 참모습을 보고 가게 되는 것입니다.

우리는 우리가 받아들일 수 없는 조건을 담고 있는 국제통화기금의 긴급 협정서에 서명할 것을 강요받고 있었습니다. 그 조건들을 수용하면 아이티를 더 깊은 빈곤에 빠트릴 뿐이라는 것도 알고 있었습니다. 이것이 국제통화기금과 세계은행의 목적입니까? 그들은 아니라고 말할 것입니다. 아이티의 불행을 원치 않는다는 자신들의 말을 지키게 만들어야 하고, 따라서 그에 알맞게 협상해야만 합니다. 우리는 그 사람들이 라살랭에서 무엇을 보았는지 알고 있습니다. 그 사람들이 라살랭에서 본 것은 우리들이 이미 알고 있던 것들입니다. 빈곤을 완화하는 것이 진정 우리 공동의 목적이라면, 라살랭 지역을 방문한 것은 아이티의 협상 지위를 강화시켜 준 셈입니다.

같은 해 11월에 우리는 아이티 역사상 최초로 여성 총리를 수반으로 하는 새 내각을 구성했습니다. 그러면서 우리는 새로운 긴급 제안서를 제시했습니다. 제안서에는 빈곤의 완화를 주요 현안으로 상정하고, 경제적 프로그램에 대해 국가적 차원의 논의를 지속하자고 요구했습니다. 라살랭 방문이 도움이 되어서였는지 세계은행이 제일 먼저 이 제안을 반겨 주었습니다. 그런 뒤에는 나머지 국제기구들도 이 제안을 받아들였습니다. 물론 이 승리는 오래 가지는 못했습니다. 몇 달 뒤 제가 대통령 자리에서 물러나자, 새로운 정부는 다른 방향을 채택했습니다. 하지만 거기서도 얻을 수 있는 교훈이 있습니다. 적어도 제가 믿기로는, 우리와 그들 사이의 힘의 균형이 심각하게 불균등할지라도 협상의 여지는 남아 있다는 사실입니다. 우리가 그들을 필요로 하는 것처럼, 국제적인 여신 기관들 또한 우리를 필요로 한다는 것을 잊어서는 안 됩니다. 그들은 우리에게 거저 주는 것이 아니라 빌려 주는 것입니다. 자선 행위를 하는 것이 아니라 사업을 하고 있는 것입니다. 우리의 이익을 지켜 내는 것만이 우리가 레스타벡 신세가 되는 것을 막아 주고, 영구적인 종속 경제에서 벗어나게 해 줄 것입니다. 세계가 우리에게 물을 주겠다고 할 때, 물이 아니라 초콜릿을 달라고 요구하는 것이야말로 우리의 권리이자 책임입니다.

©Jennifer Cheek Pantaléon

뱃속 평화와
머릿속 평화

급속한 경제 성장을 겪은 나라까지 포함해 세계의 여러
나라에는 길거리에서 살아가는 수백만의 아이들이 있
고, 사람보다 시장을 우선시하는 체제에서 버림받은 사
람들이 있습니다. 가까이 귀 기울여 본다면 이 어린이들
이 새로운 세기의 메시지를 가지고 있다는 것을 알 수
있습니다. 십삼 년 전 우리는 포르토프랭스에 거리의 어
린이들을 위한 센터를 열었습니다. 1996년에는 이 센터
에 있는 어린이 사백 명과 함께 라디오 방송국을 만들었
습니다. 어린이들의 라디오 방송인 '라디오 티무앙'은
그들의 음악과 뉴스, 그들의 논평을 하루 열네 시간 방송
합니다. 다섯 살 이하의 어린이가 매 3초마다 죽어 가는
이 세계에서는 어린이들이 스스로 말해야만 합니다. 열
세 살 먹은 세 명의 소녀가 쓴 민주주의에 관한 논평을

보면, "민주주의란 음식과 학교, 보건을 누구나 보장받을 수 있는 것"이라 정의해 놓았습니다. 너무 단순하다고요? 꿈 같은 이야기라고요? 하지만 아이티 어린이들에게 민주주의란, 사람들이 먹고살 수 없다면 아무것도 아닙니다.

민주주의는 우리에게 인간의 필요와 권리를 우리들 노력의 중심에 놓도록 요구합니다. 이것은 사람에 투자한다는 것을 의미합니다. 사람에 투자한다는 것은 먼저 음식과 깨끗한 물, 보건에 투자한다는 뜻입니다. 이것들은 인간의 기본적인 권리들입니다. 어떤 실질적 민주주의도 이 모든 것을 보장하도록 요청받고 있습니다.

역설적이게도 남반구의 많은 나라들에서는, 하루아침에 천연자원에 대한 권리를 포기하라고, 빚더미에 대한 책임을 지라고, 경제 분야를 시장의 힘에 맡기라고, 기본적인 공공 서비스에 대한 역할을 더욱더 줄이라고 강요받고 있을 때, 공교롭게도 이럴 때 민주주의로 옮겨 갈 기회가 함께 찾아옵니다. 하지만 그 나라들은 자기 나라 사람들에게 투자할 돈도, 결의도 가지고 있지 못합니다. 오늘날 급속히 진행되는 경제 세계화는 민주주의의 위험을 빠르게 앞지르고 있습니다. 이론은 좋지만

70

당면한 세계적 경제 관계에는 부적절한 민주주의가 부유한 나라에서나 가난한 나라에서나 서로 같은 것이라면, 우리 민주주의의 개념과 실제는 크게 도약해야만 합니다. 우리는 민주주의를 민주화해야만 합니다.

민주주의를 사 년 혹은 오 년마다 치르는 선거와 혼동하지 맙시다. 선거란 우리 체계의 건강을 측정해 보는 하나의 시험 같은 것입니다. 투표자의 참여가 곧 성적입니다. 그러나 학교는 날마다 수업을 하고 있습니다. 오직 정치의 모든 수준에 대한 국민들의 일상적인 참여만이 민주주의에 생기를 불어넣을 수 있고 국가와 사회를 자신들이 원하는 형태대로 만들 수 있는 의미 있는 역할을 스스로에게 부여할 수 있습니다.

대표자에게 민주주의의 책임을 묻는 내용의 아름다운 이야기 하나를 최근에 들었습니다. 컬럼비아 토착 공동체의 한 사람이 그 지역의 주민들을 대표해서 국회의원으로 선출되었습니다. 특별히 중요한 투표가 있었는데, 공동체 원로들은 그들의 대표가 어떻게 투표해야 좋을지 결정을 내렸습니다. 그런데 그들의 공동체에서 멀리 떨어져, 수도에 있는 권력의 전당에 서 있는 그 국회의원은 공동체의 뜻과 다르게 투표했습니다. 그러자 원로들이 다시 만났습니다. 그러고는 그들의 대표인 국회의원이 공동체의 뜻을 무시했으므로 수도에서부터 수십 킬로미터를 걸어서 산을 넘은 다음, 그의 죄를 씻기 위해 꽁꽁 얼어붙은 신성한 산의 호수에 몸을 담가야만 한다는 결정을 내렸습니다. 이렇게 그는 죽었고 공동체 내의 균형은 복원되었습니다. 이러한 방법이 어디에서나 적합한 것이라고는 할 수 없겠지만, 핵심은 이렇습니다. 민주주의를 민주화하는 방법은 각 나라에 달려 있다는 것, 그리고 균형과 견제, 이 둘 모두를 얻고자 하는 각 공동체는 평화를 유지하면서 선출된 지도자의 잠재적 배신으로부터 공동체를 보호해야 한다는 것입니다.

피통치자들은 통치자들과 새로운 관계를 만들어야만 합니다. 국민을 위해 어떤 결정을 내린다고 할 때, 그러나 정작 그 과정에 국민은 배제된다면, 그 결정은 종종 국민의 이익에 맞서기 마련입니다.

시민사회는 민주주의를 민주화하는 데 결정적 역할을 합니다. 우리는 아이티에 민주적 참여를 위한 공간을 만들고 있습니다. 거리의 아이들이 운영하는 라디오 방송국이 그 한 사례입니다. 우리 재단도 있습니다. '민주주의를 위한 아리스티드 재단'은 부자나 가난한 사람이

나 모여서 국가적이고 국제적인 논쟁거리들에 대해 토론하고 논쟁할 수 있는 곳입니다. 사람들은 라비셰(높은 생활비), 아이티의 대외 채무, 교육과 언어 습득, 정의와 보건을 이야기하기 위해 여기에 모입니다.

우리는 평화를 위해 다음과 같은 슬로건을 가지고 활동하고 있습니다. "뱃속에 평화가 없다면, 머릿속에도 평화는 없다. Pa gen lape nan tet, si pa gen nan vant." 아이티 같은 나라의 경우, 말만으로는 충분치 않습니다. 배고픈 사람에게 음식만 주고 그들을 말하지 못하게 놓아둔다면, 그것은 위선적인 일입니다. 같은 이유로 그들에게 단지 말만 들려준다면, 그것은 선동에 지나지 않습니다. 경제적 참여가 없는 정치적 참여란 아무 의미가 없습니다. 그래서 우리 재단은 대화의 장소인 한편, 경제적 참여 구조를 창조해 내고 있는 행동의 장소이기도 합니다. 1996년에 우리는 조합적인 경제 구조를 만들어 지금은 만삼천 명이 조합원으로 가입했습니다. 노점상, 구두닦이, 일용 막노동꾼 같은, 가난한 사람들 가운데에서도 가장 가난한 사람들이 조합원입니다. 또 대다수는 여성입니다. 조합은 다음과 같은 서비스를 조합원에게 제공합니다.

1) 저리 신용 대출(1개월에 1퍼센트, 다른 곳에서는 보통 20~100퍼센트).

2) 공동 상점에서 쌀, 콩, 식용유, 밀가루, 설탕 같은 생필품을 시장 가격의 3분의 2로 판매.

3) 포르토프랭스 시내에 운행 노선을 두어 조합원들에게 대중교통 서비스를 보통 요금의 10퍼센트 미만으로 제공.

4) 아이티의 곡물 경작 증진을 위한 조합의 농경 프로젝트에 투자.

재단에서 이루어지는 작업의 기본 원리는 가난한 사람들의 전통적인 생존 전략에 대한 존중에서 나옵니다. 아이티의 가난한 사람들에게는 "함께 손을 모으다"는 뜻의 '솔드' 또는 '멘'이라 불리는, 돈을 모으는 방법에 대해 축적된 전통이 있습니다. 모임 사람들은 각자 일정한 푼돈을 매일 또는 매주 항아리에 넣습니다. 그러면 모임의 다른 사람이 매주 그 항아리를 가져갑니다. 우리 조합은 이 전통 위에 세워졌으며, 순환 원칙에 따라 조합원들에게 돈을 빌려 주고 있습니다. 이것이 인간의 얼굴을 한 경제학입니다.

거리에서 몇 푼 벌기 위해 물과 음료수를 행상하는

마르샹 들로와 마르샹 프레스코가 우리와 함께 일하는 사람들입니다. 밤에 재래식 변소를 청소하는 바야쿠, 날마다 뜨거운 햇볕 아래서 일하는 구두닦이, 도저히 움직이지 않을 것처럼 무거운 수레를 끌고 번잡한 포르토프랭스 시내를 다니는 부레티, 이들이 우리와 함께 하는 조합원입니다. 이것이 아이티랍니다. 우리의 광활하고 활기에 찬 '비공식' 분야를 구성하는 사람들입니다.

전 세계에 걸쳐 소위 비공식 분야로 불리는 부분이 차지하는 경제 비중은 연간 16조 달러 정도입니다. 이 가운데 여성이 11조 달러를 맡고 있습니다. 공식 실업률이 70퍼센트에 이르는 아이티는 사실 비공식 분야가 공식 분야보다 경제에서 훨씬 큰 비중을 차지하고 있습니다. 그리고 이 비공식 분야의 경제적 힘은 대부분의 경제학자들이 깜짝 놀랄 정도로 큽니다. 전체 자산 가치는 약 47억1천만 달러로 추산되며, 이 금액은 아이티 상위 3대 민영기업 자산 총액의 72퍼센트를 웃도는 정도가 될 것입니다.

이것은 경제적 행위들 간의 복합적 네트워크 같은 것입니다. 그 네트워크는 도시와 시골의 대다수 빈민들의 삶에 닿으면서, 모든 아이티의 동네 속까지 뻗치고, 도시의 슬럼을 통해 스며듭니다. 아이티의 어떤 경제 정책도 바로 여기서부터 시작해야만 합니다.

또한 어떤 경제 정책도 반드시 여성과 함께 시작해야 합니다. 아이티에서 우리가 말하는 여성이란 '포토 미탕 poto mitan', 즉 한 집안의 '중심축'을 뜻합니다. 지난 20년간 여성 또한 우리가 벌여 온 싸움의 중심축이었다고 말할 수 있습니다. 우리 재단의 구성원 가운데 70퍼센트가 여성이라 해서 우리가 놀라지는 않습니다. 성 장 보스코 성당에 다니던 사람의 대다수가 여성이었습니다. 싸움을 할 때도 가난한 이 여성들은 그야말로 밑바닥에서 언제나 제 역할을 잘 해내고 있습니다.

여성들은 조합 활동의 리더십에도 독특한 기술을 지니고 있습니다. 우리 재단에 조합을 설립할 당시, 우리는 방글라데시의 그라민 은행(방글라데시의 무하마드 유누스가 빈곤을 퇴치할 목적으로 1976년 시작한 무담보 소액 신용 대출 기관. 옮긴이)에서 몇몇 영감을 받았습니다. 다섯 명이 한 모임을 이루어 사람들에게 돈을 빌려 주는데, 이 다섯 명은 서로가 서로를 책임지게 됩니다. 여성들은 이 체계를 빨리 이해하고 적응해 갔습니다. 남자들 대부분은 지지부진했습니다. 그들에게 같이 모임을 만들 다른 네 사람을 찾기란 쉽지 않은 일이었고, 다른 사람이 대출을 받을 때면 대출 받는 사람을 위해 보증서에 서명해 주는 것을 꺼려 했습니다.

세계 곳곳의 연구를 보더라도, 집안 예산권이 여성의 손에 달린 경우 여성들은 음식, 교육, 건강 등의 기초 생활에 먼저 지출하는 경향이 있다고 합니다. 국가 예산을 여성의 손에 맡겨 보십시오. 우리는 마찬가지의 결과를 보게 될 것이라고 저는 예상합니다. 제가 대통령이었을 때, 아이티에서는 처음으로 내각의 요직에 여성이 진출했습니다. 총리를 포함해 외교부 장관, 재무부 장관, 교육부 장관, 정보 및 노동부 장관 등, 세 번의 정부를 구성하는 동안 열다섯 명의 여성 장관이 있었습니다. 그 결과 전과 달라진 정부가 되었습니다.

여성, 어린이, 그리고 가난한 사람들은 역사의 객체가 아니라 역사의 주체가 되어야만 합니다. 반드시 의사결정 테이블에 앉아야만 하고 권력의 전당을 가득 채워야만 합니다. 그들이 뽑은 지도자와 이야기할 수 있고 해명을 촉구할 수 있는 라디오와 전파를 가지고 있어야 합니다. 그들의 참여가 민주주의를 민주화할 것이고, 민주주의라는 말을 원래의 그 충만한 의미로 되돌릴 것입

니다. 데모스 *Demos*는 '인민', 크라토스 *Kratos*는 '지배'라
는 뜻으로 말입니다.

©Jennifer Cheek Pantaléon

여섯 번째 편지

우리는
존엄한 가난을
원한다

주말이 되면 '라팡미 셸라비'의 꼬마들이 제 집으로 모여듭니다. 와서는 시간도 보내고 음식도 같이 먹고 이야기도 나누면서 뛰놀고 풀장에서 물놀이도 즐깁니다. 사백 명 남짓한 꼬마들이 물놀이를 하기에는 너무 좁은 풀장이지만, 그 아이들에게는 천국의 한 자락일지도 모릅니다. 가끔은 다른 아이들도 초대합니다. 레스타벡 아이들과 포르토프랭스에 있는 교구의 아이들입니다. '라팡미 셸라비'의 버스로 시테솔레이유와 라살랭, 까르푸에 들러 물놀이를 하고 싶어 하는 아이들을 데려오기도 합니다. 얼핏 보기에는 그저 상징적인 것으로 보일지도 모를 이 체험은 아이들에게 아주 다양한 의미를 지니고 있습니다. 이 나라에서 깨끗한 물을 마실 수 있는 지역은 나라 전체에서 20퍼센트밖에 안 됩니다. 게다가 수영장은 부자들만 사용할 수 있는 곳입니다. 아이티에는 공공 수영장이 단 한 곳도 없습니다. 수영장이 있다는 것은 곧 그가 엘리트라는 말과 똑같습니다.

아이들에게 먹을 것이 필요하고 또 학교가 필요하다는 사실을 알고 있습니다만, 우리는 아이들 모두에게 아이들이 필요로 하는 것들을 하루에 다 줄 재주가 없습니다. 그래서 어른들이 이 사회를 바꾸기 위해 일하는 동안, 아이들이 수영장에서 놀 수 있는 하루를 만든 겁니다. 넌 가난하니까 물놀이할 자격도 없다고, 누가 감히 아이들에게 말할 수 있습니까? 이런 체험이 사회에 충격을 주지 못할 것이라 여겨진다면, 다시 한 번 깊이 생각해 보시기를 바랍니다.

아이들은 선생님들, 토요일에 밭에서 함께 일하는 농부들, '라팡미 셀라비'에서 활동하는 자원봉사자나 미국 친구들과 어울려 물놀이를 합니다. 서로 다른 인종과 사회적 계급이 같은 물 안에서 한데 어울리는 것이죠. 텔레비전에서 이 장면을 내보낸 적이 있었습니다. 수영장 체험이 시작되고 얼마 지나지 않아 저 윗분들 사이에 이상한 소문이 떠돌고 있다는 소식을 들었습니다. 제가 '부랑자들'과 거리의 아이들을 모아서 윗분들의 수영장을 습격할 모의를 하고 있다나요? 아, 이게 비극이 아니라면 코미디라 웃어넘겨야겠지요. 이런 얼토당토않은 공포의 진짜 뿌리는 아마도 이것이었겠지요. 윗분들 집의 가정부가 시테솔레이유의 거지 같은 아이들이 수영장에서 물놀이하는 것을 텔레비전에서 본 뒤, '우리 애들도 주인집 수영장에서 놀면 안 될까요?' 하고 물어보면 어쩌나 하는 두려움 말입니다.

그래서 우리는 묻고자 합니다. 바로 사회적 차별의 체계에 대해서 말입니다.

미국에서 민권 운동이 활발하던 때 이와 똑같은 현상을 본 적이 있습니다. 해변이나 수영장에서 차별을 없애고자 하는 시도들이 때로는 최악의 폭력 사태로 번져나가기도 했습니다. 남아프리카공화국에서도 마찬가지였습니다. 오늘날 우리가 아이티에서 맞닥뜨리고 있는 것이 바로 '아파르트헤이트'의 일종입니다. 우리에게는 인종 차별을 명문화한 어떠한 법률도 없습니다만, 현실에서 사회·경제적 힘이 워낙 강력한 탓에 '사실상의 아파르트헤이트'를 만들어 내고 있습니다. 이러한 차별은 수도 없습니다. 글을 읽고 쓸 수 있는 자와 그러지 못하는 자, 부자와 가난한 자, 흑인과 백인, 남성과 여성, 깨끗한 물을 마실 수 있는 자와 마실 수 없는 자. 이런 차별이 여전히 맹위를 떨치고 있는 아이티에서 '같은 수영장에서 하는 물놀이'는 심리적·사회적 반향을 불러옵니다. 당신은 가까운 사람들과 물놀이를 하겠지요. 물놀이를 함께 하는 사람이 가족이든 집단이든 함께 물놀이를 함으로써 서로의 관계망은 튼튼해집니다. 작은 수영장의 물이 우리 사이의 장벽을 녹여 냈다는 것, 편견의 때를 씻어 냈다는 것을 우리의 체험이 보여 주었습니다.

유명한 아이티 출신의 아메리칸 랩 그룹인 '푸지스 The Fugees'가 아이티에 다녀간 뒤에는 또 다른 이야기가 들려왔습니다. 푸지스는 부자들을 상대로 아이티의 '메드'라는 클럽에서 공연을 했습니다. 푸지스의 리드싱어 와이클리프 진은 스스로 말하듯이 한때 포르토프랭스에서 자란 아주 가난한 아이였습니다. 그 친구는 관객들에게 이 사실을 계속해서 상기시켜 주었다는군요. 그 공연을 지켜본 한 사람은 와이클리프 진이 계속 자신이 포르토프랭스 출신이라고 말함으로써 거리의 아이들이 스스로를 '플리 수 무앙plis sou moun'이라고 느끼도록 할 필요는 없었다고 말을 했다는군요. '플리 수 무앙'을 가장 가깝게 옮겨 보면 이렇습니다. "그들은 마치 자기가 대단한 인물이나 되는 것처럼 생각할 것이다." 수영 장에서 헤엄치는 아이들에 대해 이야기하는 또 다른 사람은, "만약 우리 집 개가 수영장에 빠진다면 깨끗이 씻어 주겠지만, 아리스티드의 애새끼들이 빠진다면 나는 절대로 구해 주지 않을 거야. 아마 그 녀석들은 자신들의 피가 흥건한 풀장에서 헤엄쳐야 할걸?" 하고 말했다는군요.

1991년, 제가 대통령직을 수행하기 시작한 첫날에 가난한 사람들을 조찬 모임에 초대했습니다. 가난한 사람들에게는 항상 닫혀 있던 대통령 관저의 문이 열린 것입니다. 엘리트들 가운데 많은 사람들은 이날을 가난한 사람들의 방문으로 대통령 관저가 더럽혀진 날로 받아들였습니다. 그 응답은 쿠데타로 돌아왔고, 온 나라는 피로 물들었습니다.

어떻게 이 편견의 때를 씻어 낼 수 있을까요? 조금씩 조금씩? 아니면 노아의 홍수처럼? 아니면 라발라스(lavalas, 성서적 기원을 갖는 크리올 어로, '성스럽지 못한 것을 쓸어 가는 큰 물'이라는 뜻이다. 여기서는 가톨릭교회와 연계된 민중 주도의 풀뿌리 운동을 일컫는다. 이 운동과 조직은 1990년 아이티 대선 당시 아리스티드를 대통령에 당선시키는

데 크게 기여했다. 옮긴이)로?

1996년에 제 딸이 태어났을 때, 어디에서 그 아이에게 세례를 줄 것인지 많은 질문을 받았습니다. 사회적 재편의 물결이 일렁이고 있던 이 나라에서 우리가 어느 장소에서 세례를 받을지 장소를 고르는 것은, 곧 그 아이가 누군지에 관해 말해 주는 일이었습니다. 결국 우리는 '라 팡미 셀라비'를 선택했습니다. 그곳 거리의 아이들 사이에서, 사회 각 계급의 친구들이 참석한 가운데 제 딸 크리스틴은 대부인 윌리 로멜루스 주교한테서 세례를 받았습니다. 생명의 물은 우리 모두를 거듭나게 하는 세례를 줍니다. 신의 아이들로서 하나 되게 하고, 생명의 물에서 함께 헤엄치게 만들어 줍니다.

아이티의 시골에 있는 사람들 또한 생명의 물에 목말라 울부짖고 있습니다. 아이티 인구의 70퍼센트가 시골에 사는데, 시골 사람들에게는 이 나라를 먹여 살릴 작물을 기르는 데 쓸 물도 충분치 않습니다. 만약 아이티가 경제적으로 독립했다고 말하려면 우리는 반드시 우리 스스로를 먹여 살릴 수 있어야만 합니다. 그러기 위해서 우리는 이 땅의 아픔을 먼저 치유해야 합니다. 역사를 거슬러 올라가 보면, 현재 우리가 겪고 있는 생태적 위기의 뿌리를 프랑스에 막대한 채무를 지고 있던 19세기에서 찾을 수 있습니다. 그 채무 때문에 아이티의 열대우림이 마구잡이로 벌채되어 유럽으로 팔려 갔으니 말입니다. 오늘날 아이티에는 겨우 3퍼센트의 숲만 남게 되었습니다. 흙을 대지로부터 지켜 줄 숲이 사라지고 해마다 1퍼센트씩 표토가 바다로 침식해 가면서 아이티 농민들이 땅에서 얻는 소출은 줄어들 수밖에 없었습니다. 그러니 점점 더 가난으로 빠져들 수밖에요.

1804년 독립 이래로 모든 아이티 정부는 농민을 배경으로 통치를 이어 왔습니다. 그랬으면서도 농민의 생산물에 세금을 물려 왔을 뿐, 그 어떤 혜택도 농민들에게 돌려주지를 않았습니다. 따라서 시골 사람과 수도 사람들 사이에는 깊은 골이 패어 있습니다. 이런 깊은 골은 언어에도 새겨져 있습니다. 수도 포르토프랭스에 살지 못하는 사람들은 '무앙 앙데요moun andeyo'라 부르는데, 이들은 글자 그대로 '변두리 사람들'이며 아웃사이더입니다. 깊은 골을 담고 있는 이 언어는 아이티 법률에도 새겨져 있습니다. 역사적으로 포르토프랭스가 아닌 곳에서 태어난 사람은 누구나 출생증명서에 '페이장(paysanne, 프랑스어로 농부를 뜻합니다.)으로 분류되어

표시됩니다. 제가 대통령이 되던 1991년에 대통령령으로 이 법률을 바꾸어 지금은 모든 출생증명서가 똑같습니다. 우리는 이러한 언어 차별을 바꾸기 위한 일을 계속해야 하고, 시골에서 마주하는 삶의 현실을 바꾸기 위해 계속 노력해야 합니다.

라틴아메리카에서는 지난 십 년 동안, 전체 경제에서 농업이 차지하는 비중이 30퍼센트에서 15퍼센트로 줄어들었습니다. 반면 금융 산업은 같은 기간 동안 40퍼센트에서 57퍼센트로 성장했습니다. 십 년 전 아이티에서는 국민총생산에서 농업이 50퍼센트를 차지했으나 지금은 28퍼센트에 지나지 않습니다. 아이티 은행들은 전체 대출 금액 가운데 겨우 2퍼센트만을 농업 분야에 돌리고 있습니다. 이러고서야 어떻게 대부분이 농민인 이 가난한 사람들더러 은행에 돈을 맡기라고 할 수 있겠습니까?

아이티 헌법 제247조에는, "농업은 국가의 원천적 부이며 주민의 복지를 위한 최후의 담보"라고 적혀 있습니다. 그렇습니다. 하지만 이 땅에 젖어들어 갈 물을 대체 어디에서 찾을 수 있습니까? 겨우 2퍼센트의 대출만이 농업으로 흘러가는데 어떻게 농민들이 돈을 끌어댈 것이며, 물 펌프를 살 것이며, 씨앗을 살 것이며, 이 땅에서

농사를 짓겠습니까?

세계적으로도 이와 비슷한 현실을 곳곳에서 보게 됩니다. 세계 사람들 가운데 31억 명이 농업으로 생계를 꾸려 갑니다. 이 사람들의 삶은 지구화와 충돌하고 있습니다. 농약과 화학비료를 남용하면서 일찌감치 산업화한 서구 농업에는 애당초 경쟁 상대가 되지를 못합니다. 그리고 아직까지 세계 경제는 농업에서 떨어져 나간 사람들을 위한 새로운 일자리를 만들어 내지 못하고 있습니다. 그렇다면 그들은 어떻게 먹고 살고 있을까요?

자기 땅에서 쫓겨난 농민들은 사람들이 넘쳐나는 도시로 떠밀려 들어갑니다. 도시에서는 직업도, 보건 시설도, 아이들이 다닐 학교도, 심지어 마실 물조차도 구하지 못합니다. 사람들은 땅을 따라 갑니다. 산에서 나무가 베어지고, 흙이 평야로 씻겨 내려간 뒤에는 사람이 뒤따릅니다. 흙이 평야에서도 씻겨 내려가면 사람은 다시 한번, 흙이 바다로 씻겨 가듯 도시의 슬럼으로 쓸려 갑니다.

경제적으로 힘 있는 사람들은 땅과 나무와 흙, 땅에서 수세대에 걸쳐 살아온 사람들을 보호하지 않습니다. 원조 프로그램이 우리의 자연 환경을, 땅에 의존해 살아온 사람들을 도울 것이라 기대할 수 있나요? 1달러당 84센트가 원조를 제공한 나라에 다시 돌아간다면, 이 나라의 농민과 물을 위해 쓸 돈은 도대체 몇 푼이 남는 셈입니까? 물과 흙을 붙잡아 둘 나무에 쓸 돈은 또 몇 푼입니까? 어떻습니까? 제 질문이 드라마틱하지 않습니까? 우리는 물을 갖기 위해 무엇을 해야 합니까?

우리가 새로운 밀레니엄에 있다지만 여전히 땅에 필요한 물은 고사하고 사람들이 마실 물조차 없습니다. 어떤 외국인들은 우리가 식량을 구하거나 기부금을 모으는 데 게으르다고 생각하는 모양입니다. 사실 우리가 구하는 것은 식량이나 기부금이 아니라 물입니다. 저는 확신합니다. 날마다 어디에나 햇빛이 쏟아지는 이 풍요로운 나라에서, 우리에게 물만 있다면 먹고살 만큼 충분한 식량을 길러 낼 수 있습니다.

요즘 같은 시대에, 그리고 우리가 맞닥뜨리고 있는 거시 경제 현실에 비춰 볼 때 농업에 기초한 국가 발전 전략이 어떻게 성공하겠느냐고 의문을 던질 수도 있습니다. 사실 우리에게 확실한 노하우가 있는 것도 아닙니다. 하지만 이것 한 가지만은 확실합니다. 아이티 정부가 국제기구의 지시를 계속 따른다면 우리는 전과 다를 바 없는 똑같은 프로그램에 따라 그저 여기에서 저기로 맴

돌 뿐, 상황은 더 악화될 것이라는 점입니다. 반면 민중들에게 전략을 구하는 시민사회 사이에서 아이티의 조직들을 본다는 것은 한밤중에 촛불을 만나는 것과 같은 일입니다. 절망의 암흑에서 만난 희망! 우린 대안을 만들수 있습니다. 그 대안이 우리를 부자로 만들어 주지는 못하겠지만, 적어도 우리를 굶주림에서 꺼내어 '존엄한 가난'으로는 이끌 것이라 봅니다. 우리의 제안이 완전한 것이 아니라 한다면, 그들 국제기구의 제안도 얼마나 파멸적인 것인지 이미 드러나지 않았느냐고 되묻고 싶습니다.

이것은 자존을 위한, 생존을 위한 전략입니다. 이것이야말로 가난한 사람들이 한 번도 자신들에게 호의적이지 않았던 거시 경제 현실에 맞서 항상 취해 왔던 전략입니다.

신자유주의적 전략은 민간 분야가 공공의 역할을 대신하게 하기 위해 국가를 허약하게 만듭니다. 우리는 협동조합을 통해 공공 서비스에서 나오는 어느 정도의 이익을 보전할 수도 있습니다. 인적 자원을 국가적으로 운용하지 않는다면 '경제의 힘'과 '사람의 힘' 사이의 균형을 결코 만들어 낼 수 없습니다. 이 나라 아이티에서 '사

람의 힘'이란 곧 거대한 빈민층을 말합니다. '경제의 힘'
은 이 나라 부의 45퍼센트를 쥐락펴락하는 단 1퍼센트의
특권층을 가리킵니다.

1991년의 쿠데타는 1퍼센트의 특권층이 빈민층의 국
가적 운용을 얼마나 두려워하는지를 잘 보여 주었습니
다. 그 1퍼센트의 사람들은 테이블 아래에 있는 가난한
사람들을 두려워합니다. 테이블 위에 올라서 있는 그들
을 보게 될까 두려워합니다. 시테솔레이유에 사는 그들
을 두려워하며, 가난한 사람들이 자신들의 비참함을 더
이상 견딜 수 없게 될까 봐 두려워합니다. 농민들을 두려
워하며, 그들이 더 이상 변두리 아웃사이더인 '무앙 앙데
요'가 되기를 거부할까 봐 두려워합니다. 지금까지 글을
모르던 사람들이 읽고 쓰는 법을 배우게 될까 봐 두려워
합니다. 크리올 어를 쓰던 사람들이 프랑스어를 배우게
되어 더 이상 열등감을 갖게 될 이유가 사라질까 봐 두
려워합니다. 가난한 사람들이 대통령 관저에 발을 들여
놓을까 봐, 거리의 아이들이 수영장에서 헤엄치고 놀까
봐 두려워합니다. 하지만 그 1퍼센트의 사람들은 저를
두려워하지는 않습니다. 다만 제 말이 가난한 사람들의
눈을 뜨게 할지도 모른다는 사실을 두려워합니다.

하지만 결국 이 작은 행성에 사는 우리 모두는 똑같은 물에서 함께 헤엄치고 있습니다.

©Jennifer Cheek Pantaléon

나는 소망한다,
우리 영혼에
한 줌의 소금을!

> 아이티의 아이콘이 되어 버린 좀비는
> 그의 몸을 주인에게 예속시키기 위해
> 그 영혼을 강탈당한 사람이다.
> 아이티 사람들의 무의식 속에 좀비의 운명이
> 환기시켜 주는 강력한 공포는
> 노예 제도에 대한 그들의 집단적 기억에서 유래한다.
> 좀비를 깨우기 위해,
> 그의 영혼을 자유롭게 하기 위해
> 그에게 소금 한 모금을 주어야 한다.

이백 년 동안이나 아이티 사람들이 읽고 쓰는 법을 배우지 못했다면, 그것은 역사에서 우연한 일이 아닙니다. 땅에서 일하는 사람들의 자녀들이 다닐 학교가 시골 어디에도 없다고 한다면, 그것 역시 우연한 일이 아닙니다. 문맹 퇴치 캠페인이 많은 사람을 끌어들이지 못하고 번번이 실패하고 마는 것도 우연이 아닙니다. 제가 대통령 자리에 있던 1991년과 1994년에 해외 기부자들에게 몇 번이고 성인 문자 교육에 필요한 것들을 호소했을 때, 그 분들이 저를 정신 나간 사람처럼 쳐다본 것도 우연이 아닙니다. 아이티 사람들의 85퍼센트가 읽고 쓸 수 없는 문맹이라면, 그것이 우연한 일이 아닌 것처럼 말입니다.

우린 분리하고 차별하기 위해 만들어진 사회 구조의

폐허 위에서 살고 있습니다. 그리고 교육과 언어는 이 구조를 떠받치는 두 개의 기둥입니다.

아이티 국민 가운데 단 15퍼센트만이 프랑스어로 말하고 있습니다. 그런데도 이백 년 동안 사법 체계, 교육 체계를 비롯한 모든 정부 업무가 프랑스 말로, 그 말로 쓰인 문서로 집행되었습니다. 지명, 출생증명서 따위의 모든 것이 프랑스어로 되어 있습니다.

아이티 어린이 가운데 학교에 다니는 아이는 절반 정도밖에 되지 않습니다. 초등학교에 입학한 어린이 천 명 가운데 139명만이 중학교를 졸업합니다.

아이티 사람들이 얼마나 배움에 굶주려 있는지 모르실 겁니다. 아이티 국민들이 자기 아이를 학교에 보내기 위해 얼마나 필사적으로 노력하는지 모르실 겁니다.

아이티에서는 9월과 10월을 가장 잔혹한 달로 꼽습니다. 아이들을 학교에 보내려면 이때 돈을 마련해야 하기 때문입니다. 백방으로 아무리 노력해도 돈을 구할 수 없어 진학을 포기해야 되는 경우 그 고통은 곱절이 됩니다. 아이티의 공립학교는 전체 취학 대상 어린이들의 10퍼센트만 수용할 수 있습니다. 공립학교라 하더라도 아이들을 보내려면 교과서, 교복, 학용품을 마련하기 위해 부모들은 많은 돈을 써야 합니다. 간신히 하루 벌어 하루 먹고사는 가정에는 몹시 괴롭고 힘든 일입니다.

1998년 9월에 우리 재단은 교과서를 반값에 파는 새로운 사업을 시작했습니다. 교과서를 할인해서 판다고 하자 수천의 엄마, 아빠, 그리고 아이들이 재단 앞에 매일같이 줄을 섰습니다. 새벽 5시부터 꼬리에 꼬리를 물고 줄이 이어졌습니다. 꼬박 2주 동안 만 명분의 교과서를 다 판 뒤에는 이 사업을 제레미, 고나이베스, 레카예 그리고 자크멜 같은 시골까지 넓혀야 했습니다.

우리가 사회 통합에 기초하는 새로운 사회구조를 세우려 한다면 그 최소한의 토대로, 모든 어린이들과 크리올 어를 쓰는 어른에게 무상교육을 실시해야만 합니다. 어린이들의 무상교육은 헌법에 명시해 놓고 있으나 아직 시행하지는 못하고 있습니다.

1998년 봄, 우리 재단에서 고등학생과 대학생들을 모아 교육에 대해 협의한 적이 있습니다. 참석한 학생들은 이렇게 말했습니다.

"학교에 갈 특권을 얻은 우리들은 이 나라에 갚아야 할 빚을 지고 있는 것과 같습니다. 이것이 우리가 우리 부모, 친척, 이웃이 읽고 쓸 수 있도록 가르치는 데 전념

해야 할 이유입니다."

우리는 그들에게 겸손함을 잊지 말고 진행하라고, 우리 재단이 서 있는 바로 그곳에서의 초심을 잊지 말고 나아가라고 조심스럽게 격려했습니다. 과거에 실패했던 무게가 주는 중압감을 알고 있는 데다, 국민을 교육해야 하는 국가의 의무를 학생들이 대신할 수는 없다는 것을 알고 있기 때문입니다. 어쨌든 학생들은 시작했습니다. 이제 하루에 두 시간, 일주일에 5일, 6개월을 한 학기로 가르치고 있습니다. 이 젊은 친구들은 스스로의 불확실한 미래와도 맞닥뜨리고 있습니다. 대부분은 근근이 생활을 꾸려 나갈 정도의 형편이고 학교에서 묵으면서 그럭저럭 공부를 이어 가고 있습니다. 게다가 학교를 마친다 해도 직업이 보장되어 있는 것도 아닙니다. 그런데도 아무 보상 없이 무료로 재단에서 가르치고 있습니다. 글을 처음 배우는 사람들의 학급은 참가한 이들이 일을 모두 마친 늦은 오후에야 수업을 시작할 수 있습니다. 장마철이 되면 오후부터 비가 내립니다. 이 젊은 이들이 집에 돌아갈 즈음엔 비와 어둠만이 그들의 동행이 됩니다. 저는 소망합니다, 이 젊은이들이 우리 영혼에 영감을 불어 넣기를. 삶의 고단함에 지쳐 있는 이들에게, 냉소적으로 변해 가는 이들에게, 이런 일이 내년에도 계속되리라는 것을 믿지 않는 이들에게, 이 젊은이들이 힘이 되기를 바랍니다. 제3의 길을 만들어 가는 젊은이들이 대견스럽습니다.

젊은이들이 나이 든 사람들을 가르치는 것이 바로 제3의 길입니다. 대학생, 아니 고등학생만 돼도, 또 그들이 가난한 학생들이라 해도 이 나라 아이티에서 그들은 이미 특권계층에 속한다고 할 수 있습니다. 그들이 받는 교육은 교묘하면서도 교묘하지 않게 그들 스스로를 문맹자들이나 그들 부모와 분리시키게 만듭니다. 이 문맹 퇴치 프로그램의 체험은 그 자체로 이러한 '분리'를 넘어서도록 도와줍니다. 이 젊은이들을 자신의 집으로 돌아오게 해 줍니다. 교육받은 젊은이들이 연장자 앞에 섰을 때, 그들은 전혀 새로운 존경을 받게 됩니다. 교사로서 어른들과 소통하는 법을 새로이 배우게 됩니다. 그러면서 크리올 어를 읽고 쓰는 것에 대해 새로운 친숙함을 얻게 됩니다. 그것은 이전 학교 과정에서는 얻을 수 없는 것들이었습니다.

그렇다면 글을 배우는 사람들은 어떨까요? 그들은 소금을 맛보고 있습니다. 일단 한번 소금 맛을 본 이상 글을 배우는 사람들은 더 많이 원하게 됩니다.

여기서 잠깐, 당신은 혹시 이렇게 물을지도 모르겠습니다. 파울로 프레이리(Paulo Freire, 브라질 출신의 20세기 대표적 교육사상가. 옮긴이)는 이미 죽지 않았냐고, 해방신학은 역사 교과서에나 나오는 것 아니냐고, 문맹 퇴치 운동은 낡은 혁명의 폐품 아니냐고 말입니다.

하지만 아이티 민중들은 그렇게 생각하지 않습니다.

역사는 파도처럼 움직인다는 것을 기억하십시오.

늘 파도의 꼭대기인 물마루에만 있을 수는 없습니다. 썰물 때조차도 우리는 물 위에 떠 있어야 합니다. 해방신학이 내용 없이 빈약하고 더 이상 현실에 해답을 주지 못하기 때문에 실패했다고 말하는 사람들에게 저는 이렇게 말하고 싶습니다. 어쩌면 당신은 사랑의 신학을 찾아내 짓밟는 기계의 지배력과 권력을 지나치게 과소평가하고 있을지도 모른다고 말입니다.

우리를 표적으로 하는 무기들은 옛날 것들보다 훨씬 더 교묘합니다. 아이티는 반동 세력이 민중을 강압적으로 억누르면서 공공연하게 폭력을 행사한 라틴아메리카의 여러 나라 가운데 하나입니다. 물론 반동 세력들은 실패했습니다. 오늘날 우리는 아이티의 국가 예산보다 몇 백 배나 많은 예산을 쓰는 기업, 국제 금융과 무역, 국제 개발 기구들의 거짓 의사소통과 거짓 정보로 이뤄진 복합 네트워크를 마주하고 있습니다. 그들의 거센 위협에 기가 죽어, 우리의 유일한 강점은 대다수의 민중이 학교에 '가지 않는다'는 사실일지도 모른다고 말할 때도 있습니다. 우리 민중들은 아직 사랑의 신학을 찾아내 짓밟는 복합 네트워크에 동화되지는 않았습니다. 아이티 민중의 정신은 여전히 그들 고유의 것으로 남아 있고, 아이티 국민들은 거짓 정보의 늪에서 진리를 가려내는 데 전문가나 다름없습니다.

농민들이 갈고 닦은 사상은 예리합니다. 농민들의 예리한 사상은 사람들 사이에서 해방의 불빛이 밝게 타오르게 한다는 사실을 우리는 알고 있습니다. 온 나라가 일단 한번 깨어나면 다시는 잠들지 않습니다. 한 사람이 소금 맛을 본 이상, 그 누구도 다시는 스스로 노예가 될 마음을 먹지는 않을 것입니다.

지금까지는 대학에 간 사람이 곧 아이티를 지배하는 사람이 되었습니다. 하지만 만약에 이 나라가 살아남을 수 있다면 그것은 바로 대학에 가지 못한 사람들의 힘 덕분이라는 것을 알아야 합니다. 얼마나 똑똑하면 공식 교육 과정을 전혀 밟지 못한 사람이 3층짜리 건물을 건축할 수 있겠습니까? 그런 사람을 저는 알고 있습니다. 얼마나 똑똑하면 읽지도 쓰지도 못하는 사람이 일 년 예산이 삼십만 달러에 이르는 사업을 경영할 수 있겠습니까? 그 사람도 저는 알고 있습니다. 얼마나 총명하면 조그만 돛배로 지도도, 어떤 항해 도구도, 빛도 없이 '죽음의 항로'(쿠바와 아이티를 가르는 바람이 심한 해협으로, 아이티 뱃사람들은 이 해협을 '죽음의 항로'라 부릅니다.)를 헤쳐 미국의 마이애미 해변까지 갈 수 있겠습니까? 이미 그렇게 한 사람들 수천 명을 저는 알고 있습니다.

1988년 쿠데타 세력들이 성 장 보스코 성당을 불태운 뒤, 저는 교육받지 못한 천재들을 반갑게 맞아 교육해 줄 대중 대학을 설립하는 꿈을 갖게 되었습니다. 우리는 그들이 이미 가지고 있는 지성이 존중받기를 원했고, 또한 지금껏 그들에게 닫혀 있던 교육의 문이 열리기를 원했습니다.

오늘날 우리 재단과 '라팡미 셀라비'의 작업을 통해 그런 대학의 설립에 이르는 길을 절반쯤은 닦아 놓았습니다. 라팡미 셀라비에 있는 거리의 아이들은 농경학자들과 함께 일하면서 작물을 어떻게 재배하는지 배우고 있습니다. 상점 점원들과 소규모 자영업자들은 어떻게 협력적 경제 구조를 만들 수 있는지 배우고 있습니다. '라디오 티무앙'에서는 전국에서 온 젊은이들이 의사소통에 대해 배우면서 방송도 하고 있습니다. 라디오 방송을 하는 데 대학 졸업장이 꼭 필요하지는 않다는 사실을 온 나라에 가르치고 있는 것입니다.

이런 것들 말고 대학을 마치는 데 필요한 게 더 있습니까? 실험 농장, 환경 학습 센터, 비공식 분야 경제학을 공부하고 실습할 전용 센터, 성인 문자 교육 학부 들이 우리가 새로 추가할 분과들입니다.

"지식은 상품이 아니다."

이것이 바로 이 대학의 기본 원칙입니다. 지식은 사고 파는 것이 아니라 공유하는 것이라는 뜻입니다. 수많은 사람들에게 교육적 체험을 제공할 수 있는 의사소통 수단을 만드는 것은 우리의 여러 사명 가운데 아주 핵심적인 사항인 것도 이런 까닭입니다. 라디오 티무앙은 이미 '방송용' 대중 대학이라 부를 만합니다. 라디오 티무앙에서는 학교에 다니지 못하는 아이들을 대상으로 초등학교 과정 학습을 방송하고 있습니다. 어린이 교육 텔레비전 방송국인 '텔레 티무앙'은 1999년부터 방송을 시작해 라디오 티무앙과 같은 사명을 수행하고 있습니다.

이 대학의 연구는 현장에서 이루어질 것입니다. 사회·경제적 논쟁거리들을 연구하고 그 해법을 찾아갈 것입니다. 오십만 명에 이르는 아이들이 가사 노예처럼 존재하는 아이티의 문제에 해법을 내어 줄 책은 어디에도 없습니다. 아이들을 부양하기 위해 길거리에서 음료수를 팔고 다녀야 하는 여인네에게 알려 줄 경제적 대안은 세상의 어떤 책에도 담겨 있지 않습니다. 모르네 카브리와 아이티 북부에 있는 숲을 계속 보존할 방법을 가르쳐 주는 어떤 책도 존재하지 않습니다. 우리는 실험을 멈출 수 없습니다.

우리의 대학이 어떤 이들에게는 다소 충격적일지 모릅니다. 그렇다면 좋은 일입니다. 이 충격이 지난 이백 년 동안 우리들이 무감각하게 받아들여 온 사회의 장벽을 부수도록 도와줄 것이기 때문입니다.

©Alan Pogue

배고픈 영혼을
치유하는 길

'신의 이름'을 걸고 서로 싸우는 사람들에 대해 우리는 너무도 자주 듣습니다. 종교에는 굶주림이 없다고, 종교에는 착취가 없다고, 종교에는 불의가 없다고 우리는 말합니다.

우리가 신을 입에 담을 때 우리가 말하는 '신'은 무엇을 의미하고 있습니까? 아마도 사랑의 원천, 정의의 원천을 뜻하는 말일 겁니다. 여자와 남자, 흑인과 백인, 어린아이와 어른, 영혼과 육체, 과거와 미래, 그리고 우리 모두를 살리는 어떤 것을 의미합니다. 느끼기는 하지만 만질 수는 없는 어떤 것, 들리기는 하지만 알아들을 수는 없는 어떤 것을 의미합니다. 말을 넘어서는 것, 우리가 어떤 단어를 고르더라도 우리가 알고 있는 모든 것을 초월하는 어떤 것을 의미합니다.

우리는 우리 앞에 있는 것에서부터 시작합니다. 신을 볼 수는 없지만, 내 앞에 있는 당신을 볼 수는 있습니다. 신을 볼 수는 없지만 내 앞에 있는 아이와 여인, 사내는 볼 수 있습니다. 그들을 통해, 우리가 살고 있는 이 세속적인 세계를 통해 우리는 신을 압니다. 그들을 통해 우리는 사랑을 배우고 경험하며, 정의를 감지하고 찾아 나섭니다.

우리가 몸담고 있는 일련의 싸움들은 바로 이 초월적인 존재와 접속할 필요가 있습니다. 어떤 이들은 이것을 신념이라 할 것이고, 어떤 이들은 신학이라 할 것이고, 또 어떤 이들은 가치나 도의, 사랑이나 정의로 부를 것입니다. 뭐라 부르든 그것은 중요하지 않습니다. 중요한 것은 우리에게 이미 '그것'이 있다는 사실입니다. 맞서 싸우기 위해 우리는 단단한 바위 위에 올라가 있어야만 합니다. 우리가 마주하고 있는 이 기계는 결코 만만하지 않습니다. 그 자본과 언어와 논리의 병기고가 뿜어내는 위세는 멈춰 세울 수 없는 것처럼 보입니다. 우리가 신념에 깊이 뿌리내리지 못한다면 그 기계에 압도당하고 말지도 모릅니다. 가난한 사람들을 바라보면 이것을 분명히 알 수 있습니다. 신념이 없었다면 그들은 살아남지 못했을 겁니다.

분명히 하는 게 좋겠습니다. 저는 지금 동기 부여나 두려움에 기초한 신념, 신에 대한 두려움 따위를 이야기하는 것이 아닙니다. 우리 모두는 사랑에서 나왔습니다. 그리고 이 사랑이 우리에게 위대한 힘을 가져다줍니다. 바로 이 위대한 힘이 과거 성 장 보스코 성당에 생명을 불어넣어 주었고, 지금 우리들의 조합에 생명을 불어넣어 주고 있습니다.

성 장 보스코 성당은 빛나는 곳이었습니다. 1988년 9월 11일, 사람들은 사랑의 하느님을 축복하기 위해 모여들었습니다. 그날 살인 청부업자들도 이 사랑의 빛을 끄기 위해 모여들었습니다. 그들은 몇 시간 동안 성당을 포위한 채 스무 명을 무참히 살해했고 수많은 사람들에게 중상을 입혔습니다. 그리고 성당에 불을 질렀습니다. 갑자기 청부업자 두 사람이 내 머리에 총을 겨누었습니다. 한 사람은 앞에서, 또 한 사람은 뒤에서 겨누었는데, 그때 저는 확실히 알게 되었습니다. 만일 비폭력의 힘이, 사랑의 힘이 무기보다 강하지 않다면 저는 아마 그날 그 순간에 죽었을 것입니다. 사랑의 공동체는 강합니다. 비록 그날 모인 사람들은 순식간에 흩어졌지만, 그들이 벌써 사라져 버렸다고 누구도 말할 수 없을 것입니다.

1996년 봄, 성 장 보스코 성당의 교구민들은 우리 재단에서 다시 모였습니다. 그날은 우리가 나눠 가졌던 기억들을 아프게 성찰한 날이었으며 그리스도의 수난을 되새기는 날이었습니다. 이날의 체험을 통해 우리 공동체는 다시 태어날 수 있었습니다. 이들은 포르토프랭스에서 가장 가난한 사람들인, 라살랭과 시테솔레이유에서 온 사람들입니다. 우리는 이 사람들의 경제적 비참함에 함께 맞서기를 원했습니다. 우리는 사도행전 4장 32절을 함께 읽었습니다.

"신자들의 공동체는 한마음 한뜻이 되어, 아무도 자기 소유를 자기 것이라 하지 않고 모든 것을 공동으로 소유하였다."

이 구절에서 교훈을 얻어 만 삼천 명이 저마다 조금씩 돈을 출자해 조합을 창설했고 저마다 적당한 돈을 조합에서 차례차례 대출받습니다. 나중에는 조합에서 공동 상점을 열었는데, 거기서 조합원들은 쌀이나 콩, 다른 생필품을 시장 가격의 3분의 2 정도에 구입할 수 있습니다. 우리 조합의 힘은 경제적 자본에 있지 않습니다. 그 힘은 바로 조합원들이 만들어 가는 신뢰의 자본에서 나옵니다. 조합원들은 서로가 서로에게 투자하고 있으며, 세계경제가 꺼리는 어떤 것에 투자하고 있습니다.

우리는 마음속 깊이 하느님을 믿는 사람들 사이에서 일하고 있습니다. 그 속에서 그들의 신념을 외면하지 않는 방법을 만들어 냅니다. 우리의 사업은 이 신념에 뿌리 내리고 있고, 이 신념이 우리의 사업이 실제 체험으로 이어지는 길을 밝게 비춰 주고 있습니다. 우리가 빠르게 성장할 수 있는 이유가 바로 여기에 있습니다.

신념을 갖고 있다고 해서 어떤 의심이나 회의도 없다는 것을 의미할까요? 그렇지는 않습니다. 말씀드렸듯이 이 싸움은 모든 것을 초월하는 어떤 것입니다. 이 싸움은 시간과 공간의 경계를 가로지릅니다. 성서에 나오는 엑소더스가 초월적인 것처럼 말입니다. 옛날 이스라엘 자손들이 이집트에서 나와 약속의 땅으로 이동했던 것처럼, 우리 역시 늘 사막을 건너가고 있습니다. 여정 중에 이스라엘 자손들이 모세에게 따져 물었습니다.

"어쩌자고 우리를 이집트에서 이끌어 내어 이 광야로 데려왔소? 노예 신세에서는 벗어났을지 몰라도 지금 우리는 이 사막에서 목마르고 굶주려 죽어 가고 있질 않소? 죽음 하나를 피했더니 또 다른 죽음이 눈앞에 있다오."

의심의 순간입니다. 우리들 가운데 누구라도 자기 인생에서 수없이 마주쳤을 그런 의심입니다.

저에게는 아이티 민중들의 채워지지 않는 기대를 마주하는 것이 새로운 도전입니다. 먹을 것과 일자리를 기다리고 있는 수많은 사람들이 존재하는 나라의 대통령이 된다는 것은, 더구나 자신이 그것을 짧은 시간에 해결할 수 없다는 것을 알고 있으면서 대통령이 된다는 것은 실로 감당하기 어려운 무거운 짐을 지는 것과 같습니다. 우리의 경제적 처지가 지난날 얼마나 절망적이었고, 또 지금도 어찌나 절망적인지 저는 대통령직에 있을 때 이렇게 탄식하고는 했습니다. "나는 국민을 말로만 먹여 살릴 뿐이다." 정말 그보다 더 정확한 표현은 없을 것입니다. 그런 상황에서는 오직 진리만이 그들의 신념을 먹여 살릴 것입니다.

대통령에서 물러난 뒤 그들에게 물었습니다.

"성 장 보스코 성당에서 저는 당신들과 함께 있었습니다. 그때 당신들은 가난했었죠. 당신들은 저를 대통령 관저로 보내 주었습니다. 그 뒤에도 당신들은 가난했습니다. 저는 이제 대통령 관저를 떠나왔습니다. 하지만 당신들은 여전히 가난합니다. 그런데도 왜 여전히 저에게 무엇인가를 들으려고 하십니까?"

어쩌면 그 대답의 일부가 다음 이야기 속에 있을지도 모릅니다. 쿠데타 때 아이티를 떠났다가 미국의 해안 경비대에 의해 돌려보내졌던 사람들이 모인 한 단체가 작년 어느 날엔가 저를 만나고자 우리 집 앞에 앉아 있었습니다. 그 사람들은 재정적인 도움을 원하고 있었지만 제가 그럴 만한 형편이 안 된다는 것은 잘 모르고 있었습니다. 그래서 저로서는 그들을 보기가 망설여졌습니다. 그날 저에게는 아주 많은 약속들이 잡혀 있었기 때문에 밤 열한 시가 되어서야 겨우 마지막 약속을 끝낼 수 있었습니다. 그때 경비원이 제게 오더니 난민들이 아직도 집 앞에 있다고 말하는 것이었습니다. 제가 줄 수 있는 것을 아직 보지 못했기 때문이라고 생각한 저는 그들을 만나기로 결심했습니다. 집 앞에 나갔더니 한 여성이 도로에 지쳐 쓰러져 있었습니다. 저는 몸을 구부려 그녀의 볼에 입을 맞추었습니다. 그녀는 땅을 내리치며 말했습니다.

"당신이 저를 이렇게 존엄과 존경으로 대해 주시니, 오늘밤 이 콘크리트 바닥이 어떤 매트리스보다 훨씬 더 포근하게만 느껴집니다."

모든 사람에게 그들이 필요한 집과 일자리, 학교 등록

금을 대 줄 만큼의 돈은 없습니다만, 우리 모두가 응당 받아야만 할 존경과 존엄으로 서로를 대할 만큼의 인간다움은 우리에게 충분히 있습니다.

사람들은 누구나 자신이 속고 있는 때를 아는 것처럼 자신이 존중받고 있을 때를 압니다. 사람들은 선동을 존중과 구별합니다.

"글은 모르지만 어리석지는 않다. Analphabet pa bet."

진심과 존경, 정직을 나눠 갖고 있는 두 친구와 똑같습니다. 어려움에 직면했을 때 비록 그들이 해답을 가지고 있지 않더라도 그들은 더 이상 무력한 존재가 아닙니다. 저마다의 진리를 공유하고 있는 사랑의 공동체는 바로 이러한 힘으로 어려운 시대를 가로지를 수 있습니다.

항상 있어 왔던 것처럼 오늘날에도 평화를 위해, 정의를 위해 일하고 있는 작은 모임이 있습니다. 모임의 누구라도 이렇게 말할 것입니다.

"그분이 저를 거룩하게 임명하여 가난한 사람들에게 복음을 전하도록 하였으니 성령이 제게 있습니다. 갇힌 사람들에게 해방을, 눈먼 자들에게 광명을 되찾게 선언하라 하였고, 압제받는 이들에게 자유를 가져다주라 하였으니, 성령이 제게 있습니다."

우리는 신념으로 무장했으니 불신과 의혹, 비판을 두려워하지 말아야 합니다. 광야를 헤매는 이들의 목마름과 배고픔은 또한 생명의 신호이기도 합니다. 먹을 것이 충분치 않은 사람이 울부짖는 것은 당연한 일입니다.

정의에 굶주린 자들 역시 울부짖어야만 합니다. 제가 아이티에 다시 돌아왔을 때 부패에 뿌리박힌 이 체계로는 피해자들에게 정의를 가져다주지 못하리라는 것을 알았습니다. 쿠데타 기간에 오천 명이 넘는 사람들이 살해되었으며, 수천 명이 고문당하거나 강간당하고, 감옥에 갇혀야 했습니다.

피해자들은 거리에서 날마다 가해자들과 마주쳐야 했습니다. 이것은 간단한 상황이 아닙니다. 우리는 보복을 말하지는 않습니다. 그렇다고 처벌을 면제하는 것까지 축복할 수는 없었습니다. 성서에서 말하는 화해란 정당한 심판 뒤에 오는 것입니다. 피해자들이 사법 체계를 통해 제대로 된 정의를 보게 될 때까지 아이티에 진정한 화해란 없다는 것을 저는 알고 있습니다. 이것이 오늘내일 가능하리라고 생각하지는 않습니다. 그러나 그날이 올 때까지 우리는 계속 노력할 것입니다.

'라팡미 셀라비'도 이 폭력의 희생에서 벗어나지 못했

습니다. 청부업자들이 두 번이나 라팡미 셀라비의 건물에 불을 질렀는데도 범죄자들은 여전히 처벌받지 않고 있습니다. 1991년의 방화로 아이들이 넷이나 목숨을 잃었습니다. 그 가운데 열두 살 소년 도미니크가 있었습니다. 도미니크는 자기보다 어린 아이들 몇을 불길 속에서 구해 낸 뒤 다른 아이들을 더 구하려다 목숨을 잃었습니다. 도미니크야말로 영웅이었습니다. 저는 아직도 가끔 그 아이를 떠올립니다. 1995년에는 모니크라는 작은 소녀가 라팡미 셀라비에서 지내려고 왔습니다. 모니크에게 엄마는 어디 계시냐고 물었더니 넵튠 호에서 돌아가셨다고 대답했습니다. 넵튠 호는 제레미와 포르토프랭스를 오가는 연락선으로 1992년, 승객 수천 명을 무리해 태웠다가 침몰했습니다. 그 사고로 모니크의 아빠, 엄마, 다섯 형제가 모두 숨졌다고 했습니다. 모니크는 배가 정박한 사이 해변의 화장실에 뛰어갔는데, 바로 그때 배가 바다로 빨려 들어가 결국 모니크 혼자 남겨지게 된 것이라 했습니다. 한 아이는 불꽃 속으로 사라졌고, 한 아이는 바다에서 살아 나왔습니다. 부모가 모두 죽었다는 말을 듣고 모니크는 포르토프랭스로 길을 잡았고 사 년 동안 그 거리에서 살았답니다. 결국 그 아이는 라팡미 셀라비로 찾아왔습니다. 이제 모니크는 열다섯 살입니다. 너무도 아름답게 춤을 추고 드럼도 잘 칩니다. 죄 없는 사람들이 여전히 폭력의 불길 속에서 죽어 가고 있다는 것을 알고 있습니다. 그렇다고 우리는 절망의 바다에 몸을 던지지 않습니다. 하느님께서 끊임없이 우리를 삶의 기적으로 지켜 주시기 때문입니다. 모니크를 보면 알 수 있습니다.

배고픔에도 여러 종류가 있습니다. 먹을 것이 넘쳐나는 사람이라도 영혼의 배고픔으로 울부짖을지 모릅니다. 지난 수년간 저는 세계를 두루 다니며 여러 모임에서 말할 기회가 있었습니다. 미국의 대학 수십 곳에서 학생들과 이야기를 나누었고 유럽과 라틴아메리카, 아시아에서 있었던 회의에서도 그러했습니다. 새로운 모임에서 연설할 때마다 저는 놀랐습니다. 똑같은 질문에 놀랐고, 영성에 대한, 정치에서의 도덕에 대한, 인간애의 인지에 대한, 모든 신의 존재적 존엄에 대한 똑같은 배고픔에 놀랐습니다. 일본에서는 어느 대학생들의 모임에서 이런 말을 했습니다. "누군가 배고플 때 저도 배고픕니다. 누군가 고통 받고 있을 때, 저도 고통 받고 있습니다." 그리고 비록 통역을 거치기는 했지만 문화의 차이를 가로질러, 그들의 눈에서 깨달음의 빛이 떠오르는 것을 보았습니다.

수년간 아이티에서 산 미국인 친구 한 명이 '십자가의 길'이라는 일일 순례에 참가하러 온 외국인 방문객을 1994년부터 이끌어 오고 있습니다. 이 순례단은 열네 곳(그리스도의 수난을 상징하는 십자가의 길과 같은 숫자다. 옮긴이)을 방문하는데, 그곳은 아이티 현대사의 수난이 배인 곳들입니다. 성 장 보스코 성당에서 시작해 시테솔레이유와 라팡미 셀라비를 거친 뒤, 삼만 명이 넘는 아이티 사람들이 숨진 뒤발리에 시대의 감옥이 있는 디망쉬포르를 지나고, 순교자들인 앙투앙 이즈메리, 장-마리 뱅상 대부, 기 말라리 법무장관이 암살당한 곳들을 차례로 지나게 됩니다. 1996년부터는 우리 재단에서 외국인 방문객을 받기 시작해 재단 건물과 우리 집을 마지막 여정으로 잡고 있습니다. 방문객들은 대부분 미국인인데, 영성과 인간다운 세계에 대한 똑같은 배고픔을 표현하고 있습니다. 우리는 그들의 연대를 환영하며, 그 연대에서 힘을 얻습니다. 그들이 다른 외국인들과 달리 아이티를 바로 본다는 데서 용기를 얻습니다. 방문객들은 비참한 현실과 열악한 도로, 벌거벗은 숲만 보는 것이 아니라 이 나라 민중의 힘과 존엄, 이 땅의 아름다움, 그리고 풍부한 문화까지 바라보기 때문입니다.

우리는 이 마지막 여정을 '열다섯 번째 십자가 길', '부활의 십자가 길'이라 부릅니다. 군부 쿠데타 세력에 의해 불타 버린 라팡미 셀라비가 있던 바로 그 자리에서 성 장 보스코 성당의 교구민들이 재통합함으로써 우리 재단은 실제로 부활했습니다. 오늘날 그곳은 정말로 매주 수천 명의 사람들을 받아들이는 거대한 회합의 장소가 되었습니다.

우리 집 또한 새롭게 부활했습니다. 우리 성당이 완전히 불탄 뒤인 1988년, 우리가 지금 사는 곳에 처음 오게 되었습니다. 당시 그곳은 사탕수수로 뒤덮인 채 나무 몇 그루만 을씨년스럽게 서 있었습니다. 사람들은 이 집을 '사제관'이라 불렀습니다. 저와 같이 일하는 가난한 사람들과 함께 대중 대학을 만들자는 계획을 시작한 것이 그 즈음입니다. 두 해 뒤 그 집은 저와 마찬가지로 극적인 역할의 변화를 겪게 됩니다. 1991년에 그 집은 대통령 관저로 쓰이게 되는데, 가난한 사람들에게도 그 문은 활짝 열려 있었습니다. 쿠데타가 있던 밤 무장한 군인들이 저를 찾으러 그 집에 들어왔습니다. 집을 불태우고 아무 것도 남기지 않은 채 몽땅 약탈했습니다. 군인들이 떠난 뒤 제 책을 빼내 왔던 이웃들의 용감한 행동은 지금도 잊을 수 없습니다. 삼 년 뒤 제가 망명에서 돌아왔을 때 그들은 제게 그 책들을 돌려주었습니다.

오늘날 많은 사람들을 위해 봉사할 집과 대학을 만드는 일에 우리는 아주 가까이 와 있습니다. 라팡미 셀라비의 아이들은 일하면서 배우고 또 놀면서 농업 프로젝트를 계속하고 있습니다. 이른 아침부터 늦은 밤까지 우리는 여러 종류의 사람들을 맞이합니다. 대중 조직의 활동가, 시골에서 온 모임 사람들, 신부, 수녀, 주교, 외교관, 정치인, 우리 편인 라발라스 당 사람들뿐 아니라 반대당 사람들, 아이티 사람뿐 아니라 외국인들, 부유한 사람과 가난한 사람 모두가 이곳에 옵니다. 제가 맞이한 사람들 가운데는 쿠데타 기간에 저를 죽이는 데 쓰라고 돈을 적어도 한 번 이상 군부 세력에 후원한 사람들도 있습니다. 저는 그들을 한 번만 만난 것이 아니라 필요할 때마다 만났습니다. 쿠데타의 범죄에 대한 정의를 아직 이루어내지 못했더라도, 우리가 거리의 아이들을 맞이하던 바로 그 응접실에서 그들을 똑같이 맞이하고 있다는 사실에서 정의의 단편을 구할 수 있다고 믿습니다. 이 응접실에서 대통령과 영부인, 레스타벡 아이들, 유엔 사무총장은 물론 거리에서 빵을 파는 이웃 모두를 똑같이 맞이합니다. 계급을 넘어, 인종을 넘어 모두가 같은 인간입니다. 우리의 신념은 언제, 누구에게라도 가장 가난한 사람들에게 영향을 미칠 수 있는 주제를 가지고 경계를 가로질러 열린 자세로 말할 수 있어야 한다고 요구합니다.

제가 십 년 전에 사탕수수밭에 심은 망고 나무가 열매도 열리고 이곳을 찾는 방문객들에게 그늘도 만들어 줄 만큼 자랐습니다. 작년에 아이들과 함께 심은 코코넛나무 천여 그루는 앞으로 사 년 동안 열매를 내어 줄 것이며, 대학생들이 그 열매를 먹게 될 것입니다. 마찬가지로 우리가 오늘 뿌리는 대화와 교육의 열매 또한 언젠가 거두게 될 것이라 기대합니다. 뱃속에도 평화를, 그리고 마음에도 평화를.

지금 세계는 심각한 경제적, 생태적 문제에 직면해 있습니다. 이러한 체험들이 우리에게 말해 주는 것은, 우리에게 필요한 답이 종교적인 어떤 것이라는 사실입니다.

하느님께서 모세에게 말했습니다. "이스라엘 백성들의 고통을 나는 보았다. 그들의 울부짖음을 나는 들었다." 우리는 어떻습니까? 가난한 이들을 통해 말씀하시는 하느님의 목소리를 듣고 있습니까? 오로지 이익만을 지향하는 이 세계에서, 전 세계의 교회와 성당과 사원을 가득 채운 환전상들의 소음과 야단법석 위에서 하느님의 소리를 듣기란 아주 어려운 일일지도 모릅니다. 하느님은 사고파는 것이 아닙니다. 하느님은 사랑입니다. 정의입니다. 평화입니다.

하느님은 또한 여성입니다.

여성이 존중받는 곳이면 어디나 하느님의 얼굴이 환히 빛나고 있습니다. 가난한 사람이 존중받는 곳이면 어디나 하느님의 얼굴이 빛나고 있습니다. 그리스도의 선물은 다름 아닌 바로 그 인간다움이며, 그가 우리의 삶 속에 그리고 가난한 사람들 가운데 있다는 것입니다. 그리스도는 영광의 하느님일 뿐 아니라 고난의 하느님이기도 합니다. 불행이 닥쳐와도 그의 평화로운 위엄은 흔들리지 않습니다. 마냥 미소 짓는 아이들처럼, 먹을 게 없을 때에도 아기를 사랑으로 돌보는 엄마처럼, 살이 찢기는 고통 속에서도 희망을 보는 능력을 잃지 않습니다. 폭력에 맞서서도 용기 있는 행동을 하게 되고, 처벌받지 않은 범죄에 정당한 심판을 구하는 능력 말입니다.

작년에 특별하면서도 평범한 어느 아이티 사람을 만

났습니다. 그의 아들은 1993년 6월 13일에 태어났습니다. 그때는 매일 아침마다 포르토프랭스의 길거리에 시체들이 널려 있던 때였고, 아리스티드라는 이름만 입에 올려도 어디 끌려가 죽기 십상이던 때였습니다. 그 사람은 포르토프랭스 중심가에 있는 호적계를 찾아가 담당 서기에게 새로 태어난 자기 아이의 이름을 출생증명서에 등록해 달라 말했습니다.

"장 베르트랑 아리스티드 리셰!"

이름을 들은 서기는 공포에 떨며 대답했습니다.

"당신 미쳤소? 입 다물어요. 그러다 언제 죽을지 모릅니다."

아이 아빠는 그 서기에게 약간의 뇌물을 건네면서까지 고집을 꺾지 않았습니다. 결국 50구르드(우리 돈으로 천 원 정도다. 1인당 국민소득이 우리의 40분의 1인 걸 감안하면 실제는 4만원쯤 된다. 옮긴이)를 건네고 출생증명서를 받았습니다. 작년에 우리 재단에서 있었던 모임에서 이 아빠는 청중들에게 당시의 출생증명서를 펼쳐 보였습니다. 영광의 휘장이라면서 말이죠. 온 나라를 폭력으로 몬 쿠데타 세력의 가공할 야만도 그 사람을 절망에 빠트리지는 못했습니다. 가장 어두운 순간에도 민중들은 그들을 지탱할 희망의 신호들을 창조해 냅니다.

이것은 또한, 하느님이 우리와 함께 있다는 증거이기
도 합니다. 하느님은 우리가 평화롭고 정의로운 세상을
만들 날을 기다리고 있지만은 않습니다. 그는 우리의 싸
움과 순례에 동행하며, 우리의 여정 전체에서 우리 자신
이 기쁨을 느끼도록 해 주면서 우리가 가는 길에 언제나
함께 합니다.

©Jennifer Cheek Pantaléon

아홉 번째 편지

당신에게 보내는
아이티의 특별한
초대장

66

아이티 쿠데타 때문에 제가 망명길에 있는 동안
저의 복귀를 극구 반대하던 한 의원이 텔레비전에 나와서는
제가 절대 돌아오지 않을 거라 공언한 적이 있습니다.
"닭에서 나온 달걀이 다시 닭으로 들어갈 수 없는 것처럼,
아이티 국민들은 아무도 아리스티드에게 관심이 없습니다."
하지만 저는 돌아왔습니다.
우리 국민들은 온 나라 벽마다 벽화를 가득 그려 놓았습니다.
벽화에는 커다란 닭과 달걀이 있고, 손가락 하나가 그 달걀을
닭에 도로 밀어 넣는 모습이 담겨 있었습니다.

99

2004년은 아이티가 독립한 지 이백 년이 되는 해입니다. 이제라도 우리는 문화적, 경제적, 정치적 독립을 성취할 수 있을까요? 달걀을 다시 닭에 밀어 넣을 수 있을까요?

고향을 빼앗긴 순간부터 1804년까지 우리 선조들은 너무도 오랫동안 노예제에 맞서 싸워 왔습니다. 아프리카에서 그들을 실어 나르던 배에서 얼마나 많은 아이티 사람들이 스스로 바다에 몸을 던지며 노예제를 거부했습니까? 얼마나 많은 사람들이 노예로 사느니 차라리 죽는 게 낫다며 자신들과 아이들에게 독을 먹여 목숨을 끊었습니까?

혁명을 시작하는 데만 13년이라는 긴 시간이 걸렸습니다. 무기는 달라졌겠지만 오늘날에도 우리는 비슷한 싸움을 하고, 2004년이 아이티에 어떤 의미를 지닌 해인지 깨닫기 위해 노력하고 있습니다.

2004년이 모든 아이티 사람들에게 심오한 도전의 본보기가 된다면, 새로운 세기는 전 세계 사람들에게 비슷한 도전이 되는 시기가 되어야만 합니다. 우리가 좀 더 정당한 세계 경제 질서를 만들어 낼 수 있으며, 우리 시대의 불평등에 제동을 걸 수 있겠는지요? 또한 달걀을 다시 닭한테 밀어 넣을 수 있겠는지요?

이 도전에는 지구적 차원에서 무엇을 먼저 해결해야 하는가 하는 문제가 포함되는데, 이것은 기막히게 변화해 왔고 지금은 기괴할 정도로 뒤틀려 있습니다. 개발 원조액의 10퍼센트 정도만이 인간에게 기본적인 필수 분야인 교육, 보건, 식수, 위생에 쓰입니다. 그 총액은 고작 선진국 전체에서 해마다 운동화 구입에 쓰이는 돈에도 미치지 못합니다. 세계의 모든 어린이들을 학교에 보내는 데 일 년에 60억 달러 정도가 들 것으로 봅니다. 이 돈이 많아 보입니까? 절대 아닙니다. 세계 군사비의 고작 1퍼센트에도 못 미치는 액수입니다.

1997년 유엔의 인간개발보고서에 따르더라도 빈곤은 더 이상 피해 갈 수 없는 문제가 아닙니다. 세계에는 물적 자원과 천연 자원이 여전히 있으며, 이전의 어떤 세대보다. 마지막 조치는 군 사령부를 새로 창설된 여성부의 청사로 용도를 바꾸는 것이었습니다.

불과 몇 달 전만 해도 불가능해 보였고 생각조차 할 수 없는 일로 보였던 것이 현실이 되었습니다. 이백 년 동안의 구조적 억압을 깨뜨린 것입니다. 이제 아이티 국가 예산의 40퍼센트를 쥐락펴락하던 군대는 없습니다.

아이티 국민들은 자신들의 승리에 한껏 기뻐했습니다. 1995년 2월의 축제는 하나의 기적이었습니다. 수만 명이 두려움 없이 축제를 즐기기 위해 거리로 쏟아져 나왔습니다. 군인들은 없었습니다. 심지어 경찰도 없었습니다. 도를 넘어서는 흥분도 거의 없었습니다. 민중들은 자신의 힘 말고는 질서를 유지하기 위해 어떤 강제력도 동원하지 않았고, 이것은 아이티 역사에서 가장 평화로운 축제 가운데 하나로 기록될 것입니다.

아이티에는 "아이티 사람들은 축제를 돈과 바꾸지 않는다."는 말이 있습니다. 이 말은 우리 문화를 돈과 바꾸지 않는다는 말과 같습니다. 춤추고 노래할 때 아이티 사람들은 속이 빈 악기가 아닙니다. 아이티 사람들의 문화가 그 목소리와 춤을 통해 울려 나오는 것입니다. 사람들은 자기 뿌리를 기꺼이 떠안으면서 스스로를 다시 긍

정합니다. 1995년에 우리는 불가능한 것들을 현실로 이루어 낸 것을 축하했습니다.

그때 축제에서 나온 노래 가운데 '조 포피Zo Popey'라는 노래가 있습니다. '해골 인형'이라는 뜻인데, 마치 뼈 없는 사람처럼 움직이는 춤과 잘 어울리는 곡입니다. 이 노래를 통해 이제 우리는 제 이야기에 마지막으로 등장하는 한 아이를 만나게 됩니다. 레스타벡 아이들을 우리 집에서 맞이하는 어느 날, 포르토프랭스의 어느 교회 계단에서 잠을 자며 할머니와 함께 살아가던 다섯 아이들도 함께 왔습니다. 그 가운데 가장 조그마한 아이는 예쁘면서 약간 거칠기도 했는데, 마치 아무도 자기를 안아 준 적이 없었던 것처럼 행동했습니다. 그 여자 아이는 자기를 '조 포피'라고 말했습니다.

조 포피는 1995년의 축제 때 태어났습니다. 2004년에는 아홉 살이 되었습니다. 아나톨은 서른 살, 모니크는 스무 살, 베르토니는 열네 살, 플로랑스는 열세 살, 장베르트랑 아리스티드 리셰는 열한 살, 티 모아즈는 여덟 살입니다. 아이티의 미래는 이 아이들에게 어떻게 비칠까요?

지금은 우리 국민 가운데 85퍼센트의 국민이 문맹이

지만, 미래의 아이티에서는 이 나라 사람 85퍼센트가 글을 읽고 쓰는 것을 봅니다. 조합들이 마을뿐 아니라 도시 비공식 분야에서도 넘쳐나는 것을 봅니다. 이 나라 방방곡곡의 들판에 물길이 시원스레 흘러 다니고, 아이티 사람들이 넉넉히 먹을 양식이 자라나고 있습니다. 토종인 크리올 돼지를 시골 어디에서나 쉽게 볼 수 있을 정도로 많이 기르고 있어, 농민들이 숨겨 놓고 기르던 후손들은 다행히 멸종의 위기에서 벗어날 수 있게 되었답니다. 묘목들은 산등성이마다 자리 잡고 뿌리를 내리기 시작했습니다. 사람들이 더 이상 비참하게 살지 않아도 되고, 이미 존엄한 가난으로 가는 여정에 있기 때문에 묘목들은 다행히 살아남을 기회를 잡았습니다. 모든 시와 읍마다 초등학교와 보건소가 있습니다. 모든 아이티 어린이들에게 무상 교육을 약속한 우리 헌법 제32조 1항에 따라, 학교 교과서는 그저 반값이 아니라 아예 공짜입니다. 어린이들과 젊은이들은 그들의 나라를 휩쓸고 있는 변화의 물결에 자발적으로 참여하고 있습니다. '라디오 티무앙'을 전국 어디서나 들을 수 있게 되었고, 사람들은 어린이들이 국가적 논쟁에 자기 목소리를 내는 것을 자연스럽게 받아들이고 있습니다. 바야쿠와 부레티는 여전히 힘든 노동이지만, 사회적 차별이라는 짐은 벗게 되었습니다. 레스타벡 아이들은 다른 사람들과 같은 식탁에 앉아서 밥을 먹고 있습니다.

이것이 새로운 세기를 맞이하는 우리의 도전입니다. 미래의 도전입니다. 우리는 그것을 기꺼이 떠안겠습니다. 우리는 바로 지금부터 그렇게 살아가고 있습니다.

라팡미 셀라비를 방문한 한 변호사가 어느 아이에게 꿈이 무어냐고 물었습니다. 아이는, "저는 지금도 일하고 있어요. 그래서 아이티의 모든 어린이들이 배불리 먹을 수 있게 될 날이 올 것"이라고 대답했습니다. 통역하는 사람이 크리올 어로 한 그 대답을 변호사가 알아듣게 하기 위해 프랑스어로 옮겼습니다. "이 소년은 아이티의 모든 어린이들이 배불리 먹는 날이 오기를 바란다." 그 아이는 크리올 어뿐 아니라 프랑스어도 알고 있었기 때문에 재빨리 통역의 잘못을 지적하며 끼어들었습니다. "어린이들이 배불리 먹는 날이 오기를 '바란다'는 말에는 지금 내가 일하고 있지 않다는 뜻이 포함되어 있어요. 그러면 제가 말한 뜻과는 다르게 받아들이실 수도 있잖아요. 저는 지금도 일하고 있는 중이고, 결국 아이티의 모든 어린이들은 배불리 먹을 수 있게 '될 것'이라는 뜻을 당신이 알아들으셨으면 좋겠어요."

　이 책을 읽는 당신께 우리가 바라는 점이 있다면 바로 지금도 우리는 아이티의 새로운 도전을 위해 땀 흘려 일하고 있다는 사실을 알아주셨으면 하는 것입니다. 우리는 우리의 신념 덕에 도전이 이루어지는 그날이 올 것이라 확신합니다. 이 신념, 이 확신이야말로 우리가 전 세계에 드릴 수 있는 가장 가치 있는 수출품이 아닐까 합니다. 이 신념을 나눠 가지도록 당신께도 초대장을 보냅니다. 저와 당신은 함께, 같은 손의 손가락처럼 이 새로운 세기에 더 인간다운 세계를 만들라는 요청을 받고 있습니다. 엄지손가락과 새끼손가락이 좀 더 가까워지고, 그래서 주먹을 쥐었을 때 더 강력해지는 그런 손처럼 말입니다.

　우리는 할 수 있습니다. 반드시 그렇게 되리라 저는 확신합니다.

가난한 휴머니즘

지은이 | 장 베르트랑 아리스티드
옮긴이 | 이두부
펴낸이 | 이명회
펴낸곳 | 도서출판 이후
편   집 | 김은주, 신원제
마케팅 | 김우정
표지 디자인 | 박대성

첫 번째 찍은 날 | 2007년 1월 31일
두 번째 찍은 날 | 2010년 12월 10일

등   록 | 1998년 2월 18일 (제13-828호)
주   소 | 121-883 서울시 마포구 합정동 412-17 세미텍빌딩 4층
전   화 | (대표) 02-3141-9640 (편집) 02-3143-0905 팩스 02-3141-9641

ISBN 978-89-88105-81-8 03890

이 도서의 국립중앙도서관 출판시도서목록(CIP)은
e-CIP 홈페이지(http://www.nl.go.kr/cip.php)에서 이용하실 수 있습니다.
(CIP제어번호: CIP2007000187)